飛躍青春系列

校園謎團事件簿 2

前稱《S傳說來了》

惡夢黑洞

利倚恩 著
大蝦沙律 圖

U0106704

山邊出版社有限公司

「飛躍青春」系列

校園謎團事件簿2．惡夢黑洞

作　者：利倚恩
繪　圖：大蝦沙律
策　劃：甄艷慈
責任編輯：葉楚溶
美術設計：蔡耀明
出　版：山邊出版社有限公司
香港英皇道499號北角工業大廈18樓
電話：（852）2138 7998
傳真：（852）2597 4003
網址：http://www.sunya.com.hk
電郵：marketing@sunya.com.hk
發　行：香港聯合書刊物流有限公司
香港新界大埔汀麗路36號中華商務印刷大廈3字樓
電話：（852）2150 2100　傳真：（852）2407 3062
電郵：info@suplogistics.com.hk
印　刷：中華商務彩色印刷有限公司
香港新界大埔汀麗路36號

版權所有．不准翻印
二〇一八年三月初版

ISBN: 978-962-923-460-7
© 2018 SUNBEAM Publications (HK) Ltd.
18/F, North Point Industrial Building, 499 King's Road, Hong Kong
Published and printed in Hong Kong

目錄

校園謎團事件簿
葉山匠
（暱稱：阿匠）
3B 男班長，自稱惡魔的高材生。聰明，毒舌，個性難以捉摸。
凌芯藍
（暱稱：小藍）
3B 女班長，調皮小惡魔。樂觀，人緣好，充滿魄力。

谷星美
（暱稱：小星星）
3B 班動漫女皇，外表斯文，但舉止粗魯，鍾情於二次元美少年。
池健翔
（暱稱：忍者）
3C 班運動健將，誠修書院中學部校草。單純，熱血，崇拜英雄。
石柏純
（暱稱：純純）
3A 班植物宅男，沉默寡言的美少年。長相像女生，但最怕女生。

謎團一　天使之手

葉山匠和淩芯藍來到 3A 教室門外，後排窗旁的座位冷清清的，課桌和椅子擺放整齊，完全沒有使用過的痕跡。

3A 男班長認得阿匠和小藍，知道他們和石柏純都是S傳説研究社的成員，走出來對他們説：「你們找植物宅男嗎？聽説他患上流感，向老師請了病假。」

「流感的話，至少請假一星期。」阿匠説。

「我想探純純喔，你知道他的住址嗎？」小藍問。

「我不知道。」3A 男班長回頭問，「喂，你們知不知道植物宅男住在哪裏？」

有同學回答不知道，有同學只是搖頭，也有同學埋首做功課或看手機，沒有理會男班長的提問，他們都不在意純純的事情。

「植物宅男在班中只有綽號，大部分同學不知道他的真名，甚至認不出他的樣子，他在班裏完全是個透明人。」

3A 男班長說出現實的感歎後，回到自己的座位。

無論純純在不在，對班上的同學都沒有任何影響。

一切如常，有時也挺令人傷感。

「純純在班裏就像空氣一樣。」阿匠挨着走廊牆壁說。

「生病了都沒有人關心他，好可憐喔。」小藍扁起嘴說。

「但是，他真的患上流感嗎？很可能只是找藉口不上學。」

「為什麼？」

「還不是為了救你，他逼不得已做了不情願的事，可能不想再看到你了。」

「不可以，純純是我的救命恩人，我還沒向他道謝啊！」

「這樣下去，他可能會退學，你永遠欠他一個人情。」阿匠湊近小藍的臉，賊笑着說，「一世內疚吧……女班長！」

不久之前，區內有穿雨衣的虐貓狂徒殺害流浪貓，還會傷害照顧流浪貓的人。誠修書院中學部的同學一度以為兇手就是傳說中的「雨衣屠夫」。

上星期，一個下雨天，小藍在學校側門附近的避雨亭照顧流浪貓，不幸遇上虐貓狂徒。純純看到對方拿出電槍，向着小藍走過去，情急之下大叫：「小藍，走呀！」小藍馬上抱着貓咪跑開，阿匠和池健翔也趕到現場，和純純合力制服虐貓狂徒。

警察到場拘捕兇手，純純等人身為目擊證人，亦要到警局錄取口供。之後，他們先後由家長接走。

純純從不在校內說話，S成員都以為他患上失語症。那一聲雨中吶喊，比起親身和虐貓狂徒對決更加震撼。

同伴都有很多疑問，有很多話想對純純說。可是，當天晚上，純純關掉手機，並且退出S傳說研究社的通訊羣組。之後，他再沒有到學校上課。

一夜之間，純純消失了。

再遇，會是什麼時候呢？

* * *

學校的溫室是S傳說研究社的活動室，S成員在課餘時間喜歡在這裏聚集。

谷星美坐在椅子上，忍者站在她後面，兩人神色凝重，好像準備上戰場打仗的士兵。

「鼻涕翔，你動手啦。」星美說。

「大猩猩，你真的要這樣做？不會後悔嗎？」忍者問。

「是的，我已經做好心理準備了。」

「我明白了。」忍者深呼吸，開始倒數，「三、二、一！」

「哇呀——」

星美淒厲的慘叫聲響徹溫室，眼角飆出大顆淚珠。

忍者把一條長長的白頭髮交給星美，問：「好痛吧，還要繼續嗎？」

「嗯。」星美含着淚點頭。

阿匠和小藍剛好來到溫室，在門外聽到星美的慘叫聲。

「你們表姐弟見鬼嗎？」阿匠調侃他們。

「匠老大，我們不是見鬼，我正在幫大猩猩拔白頭髮。」忍者說。

「你有白頭髮嗎？在哪裏？」小藍跑到星美身邊，檢查她的頭髮。

「這裏有一條，那裏也有一條。」

「真的啊！」

「嘿，有人提早衰老了。」阿匠說。

「我只是太用功讀書，才會長白頭髮。鼻涕翔，繼續幫我拔。」

「是。」

忍者再次出手，拔出兩條白頭髮。

「對了，你們有沒有聽過白頭髮的都市傳說？」阿匠問。

三人一起搖搖頭。

「白頭髮是拔一條長三條，你們盡情地拔吧。」

「不會吧？」星美嚇得彈起身。

「匠老大，你為什麼不早說？」忍者心慌了。

「一早說出來，你就不會多拔兩條白頭髮了。」

「四眼墨魚，你很惡毒啊！」星美大吼。

「不要緊。」小藍按着星美的肩膀說，「為了證實這個都市傳說的真假，你的犧牲是值得的喔。」

「我才不要為了都市傳說犧牲自己！我只有十四歲，白頭髮為什麼選中我？我不想變成醜八怪啊！」

「小星星，放心啦，你有沒有白頭髮都很可愛喔。」小藍說。

「你沒有白頭髮當然說得輕鬆。」星美抱着頭，哭喪着臉說，「我會有越來越多白頭髮，變得越來越醜，還沒成年已經像個老太婆。我的青春提早結束，生命猶如殘花枯萎。」

「匠老大，你有沒有辦法幫大猩猩？」忍者問。

「這是她的宿命，接受現實吧。」阿匠對星美說，「不過，你要是變醜的話，肯定有人陪你。」

「誰？」

阿匠指着小藍的臉說：「一顆，兩顆，三顆，總共有三顆暗瘡。」

「騙人！」小藍慌忙從裙袋拿出小鏡子，乍看之下尖叫，「真的有三顆暗瘡啊！什麼時候出現的？」

「早上已經看到，只是現在變大了。」阿匠說。

小藍摟着星美，激動地喊：「我們都要變成醜女了！」

新陳代謝會使白頭髮自然掉下，暗瘡會收縮凋謝，忍者不明白她們為什麼大呼小叫，恍似世界末日來到。

他猛然想起來，班裏的女生都很在意自己的外表，今天早上都在討論某個凍齡美女，她叫什麼名字呢？他查閱手機，終於找到一段影片。

「你們看過這段影片嗎？」

忍者在手機播出一段影片，主角是 Lady Angle，通稱安琪夫人。她是城中名媛，亦是誠修書院的校董。

安琪夫人今年四十五歲，外表看起來卻只有二十歲。她和年輕女藝人出席義賣活動，優雅的氣質使她成為全場焦點。

當班裏的男同學都鍾情於年輕女藝人時，女同學反而憧憬着安琪夫人，希望長大後像她一樣，漂亮且充滿魅力。

「安琪夫人保養得很好，我媽超喜歡她。」星美說。

「只是普通娛樂新聞，沒有特別的地方。」阿匠說。

「你想我們看什麼？」小藍問。

「關於安琪夫人的S傳說，你們知道嗎？」忍者問。

安琪夫人為人低調，很少出席公開活動或名流宴會，傳媒甚少報道她的消息。上網搜尋「安琪夫人」，只有少量相片和影片。就連誠修的文化節和畢業典禮，她都沒有參與其中。

幾年前，有誠修學生留意到安琪夫人經常戴手套，各種關於「手」的傳聞不脛而走。

其中一個傳聞是這樣的——安琪夫人有一次上公共洗手間，脫下手套洗手期間，身旁的婆婆失足滑倒。安琪夫人一時情急，握住婆婆的手把她扶起來。

就在這時，婆婆臉上的皺紋竟然全部消失，皮膚變得光滑有彈性，頭髮也變得烏黑濃密了。

安琪夫人的手有超能力，任何人和她握手都會變得青春美麗。由於她無法控制自己的超能力，因此外出時必須戴手套。

這個S傳說叫做——天使之手！

「世上確實有超能力，我覺得天使之手是真的存在。」忍者說。

「安琪夫人有天使之手，我也有惡魔之手。」阿匠捏着嗓音冷笑。

「匠老大，原來你也有超能力，太厲害了！」

「笨蛋！怎麼可能？傳說通常混雜很多失實資料，因此故事內容越詳盡，可信性越低。安琪夫人要是擁有超能力，早就被人抓去做研究了。」

「原來是這樣，匠老大果然見解獨到。大猩猩，你說是不是？啊……你們……」

小藍和星美互望着對方，嘴角大大地向上彎起，眼裏閃爍着希望的光芒。這一刻，她們的腦海裏只有不停跳動的三個字——超能力！

「好，我們決定了。」小藍和星美握着拳頭說。

「來了，你們決定的不會是好事。」阿匠說。

她們鬥志激昂，高聲喊：「我們要和安琪夫人握手！」

* * *

「一個好消息，一個壞消息，你們想先聽哪一個？」

在數學課上，3B 班主任包包熊給同學一道選擇題。

「好消息！」全班同學齊聲說。

「咳咳！好消息是……後日的數學測驗延遲至下星期三。」

「太好了！」大家拍掌歡呼。

「你才不會無緣無故延遲測驗，壞消息一定和改期有關。」阿匠說。包包熊瞇起眼睛，露出「你說中了」的表情。

「後日有嘉賓參觀學校。到時，許校長會和嘉賓觀課，我們的數學課有幸被選中了。」

下一秒鐘，全體同學爆出連串哀鳴。

「為什麼選中我們？」星美問。

「因為沒有老師自動獻身，只好進行抽籤，我抽中了頭獎。」

「這是世上最不幸的頭獎！」阿匠說。

「唉！我又要扮乖學生專心上課了。」黑馬說。

「到時，我會請同學在黑板計數。當然，我會事先把題目給你們，誰願意做代表？」

全班同學同時指着阿匠，他每年考第一名，由他做學生代表最適合了。

「總共要三個同學，沒理由所有題目都由阿匠作答。」這次，同學們分別指着考第二名和第三名的同學。

他們都是勤奮的學生，習慣在課堂回答問題，就算有嘉賓在場都不會怯場。

處理好觀課事宜後，包包熊說：「嘉賓希望有一位同學陪同參觀學校，隨時詢問同學的意見。誰願意擔任這個崗位？」

所有同學同時指着小藍，她是許校長的女兒，由她做親善大使最適合了。

「不行不行！我口才不好，很容易說錯話得罪嘉賓，影響校譽。而且，我很喜歡上課，不想失去學習的機會。」小藍一本正經地說。事實上，她不想整天被媽媽監視着。

「你喜歡上課？真是天下第一謊話！」阿匠說。

「我喜歡得很低調，你太不了解我啦。」

小藍不想做親善大使，包包熊不會強迫她，只好再問：「到時有嘉賓在場，許校長一定不會罵人，可能還會請你吃飯吃下午茶，有沒有人想去？」

包包熊使出利誘一招，果然有同學開始動搖了。

不過，除了許校長在場的顧慮，還有一件事令他們非常在意。

「嘉賓是誰？如果是帥哥，我就去啦。」嘉莉莉說。

「帥哥又好，美女又好，我都不想做這種苦差。」星美擠出厭惡的嘴臉。

「真可惜！不是帥哥呢！」包包熊說。

「哈哈，一定是『地中海大叔』，還要油亮亮那種。」黑馬嬉笑着說。

「也不是大叔。後日來參觀學校的嘉賓是誠修的校董——安琪夫人。」

天啊！沒有聽錯吧！

小藍和星美的眼睛閃出亮光，從座位彈起來喊：「我去！」

「你們太快改變主意吧。」黑馬為之錯愕。

「我是班長，有責任代表同學接待來賓。」小藍以堅定的語氣說。

「我是班長的好朋友，有責任陪班長接待來賓。」星美目光炯炯。

「但許校長說過只需要一位同學……」

小藍握住星美的手說：「我們是好姊妹，不會丟下對方獨自做苦差。」

「原來你們的感情這麼好。」包包熊略一思忖，笑着說，「我想應該沒問題的，到時拜託你們了。」

「太好了！」

阿匠竊竊地笑，笑得肩膀不停抽搐。

教室裏除了他，沒有人知道小藍和星美改變主意的真正原因。

為了達到目的，她們一定會使出渾身解數，連許校長都阻止不了。

阿匠滿心期待，她們到時會鬧出什麼笑話。

*　　　*　　　*

放學後，星美出席校內漫畫研究社的聚會，學習繪畫漫畫分鏡圖。

看着眼前醜陋的草圖，她不得不承認欠缺繪畫天分。假如想出版漫畫，似乎只能寫故事，再找拍檔繪圖。

「我是秋人的話，我的最高*在哪裏？」

星美畫了一個猩猩頭，只有象徵自己的動物頭像畫得最神似。

聚會結束後，鄰座的女生說：「星美，我們去逛動漫精品店囉，最近有很多《武裝獵夢師》的新精品。」

「好啊，我要去！」星美轉念一想，卻說，「今天不去了，下次吧。」

*高木秋人、真城最高：《爆漫。》男主角，秋人負責寫故事和分鏡圖，最高負責繪圖，兩人合作發表漫畫。

「為什麼不去？新精品有你的本命＊冬聖啊！」

「嗯……今天有事要做……」星美答得含糊，女生只好不再追問下去。

走出誠修書院，星美登上巴士，在一個幽靜的住宅區下車。

S成員曾經在這個住宅區遇見純純，無意中得知他住在這裏。過了不久，星美想再去區內的咖啡店買曲奇餅，在巴士上偶遇純純。下車後，純純回家，星美去咖啡店，兩人向相反方向離開。

星美踏上純純回家的路。雖說是幽靜的住宅區，但住宅大廈也不少。正值放學時間，街上有很多中、小學生。

純純討厭人多的地方，星美於是走入公園，搜尋每個僻靜的角落，希望碰到純純。可惜，走了很久，到處都沒有純純的蹤影。

「他會不會夜晚才上街？」

星美遙望大廈的窗戶，很後悔沒有帶望遠鏡。不過，若然真的用望遠鏡尋人，可能會被人誤會是偷窺狂。

手機裏有純純的相片，星美想過問店員或途人，卻擔心把事情鬧大，會給純純添麻煩。

逮捕虐貓狂徒那天，星美負責留在溫室做接應，聽不到純純的呼喊聲，也沒有去警局錄取口供。

之後，星美一直在想，他既然可以說話，為什麼拒絕和同學交談？既然下定決心不說話，為什麼不保守秘密到最後？

純純冒雨對抗兇手，的確可能會生病。然而，星美卻認為他只是不想見到S成員，誇大病情，甚至裝病。

純純在逃避，逃避面對真正的自己。

*本命：動漫迷術語，最喜歡或無可取代的人物。

兩人不只一次在校外不期而遇，可是當要尋找對方時，卻偏偏無法遇上。

純純明明就在附近，似遠還近的距離在星美心裏漾起微微苦澀的感覺。走進商店林立的街道，店鋪前一盆盆漂亮的鮮花竄入星美眼中。她探頭張望，純純不在店裏。她多少料到會這樣，因此也沒有失望。

純純發送過一張藝術插花的相片給星美，大星芹、雪球花和白玫瑰的組合，清麗脫俗。

這間花店沒有大星芹和雪球花，只有白玫瑰。

「請問可以只買一枝白玫瑰嗎？」星美問。

「當然可以啦。」

女店員把白玫瑰放入透明膠套裏，然後在花莖下方綁上蝴蝶結。

「好漂亮！」

「給你的。」女店員把花交給星美後，笑着說，「白玫瑰的花語是純潔的愛。」

星美在心裏重複唸了一遍，帶着微笑步出花店。

天色漸漸暗下來，是時候起程回家了。

星美的媽媽很喜歡咖啡店的手工曲奇餅，她決定臨走前先去買一包。

站在店門前，星美已聞到一陣陣咖啡香氣。第三次光顧，她現在才留意到店名叫「Restart」。

「重新開始嗎？挺有意思呢！嗯，過兩天再來吧，一定可以找到他的。」

星美沒時間慢慢品嘗咖啡，她直接走到櫃枱旁邊的曲奇餅櫃，拿起一包芝麻曲奇餅。

曲奇餅櫃上方有一塊留言板，貼滿顧客的評語，有人留言後還在空位繪畫可愛的插畫。

這裏的咖啡和曲奇餅確實美味，星美看得出顧客的評語都是發自內心的讚賞，不是由店員杜撰。

付款後，星美把零錢放入錢包，再把曲奇餅放入書包。看到插在書包側面的白玫瑰，星美的腦海掠過一個念頭。

她再次走到曲奇餅櫃前，取出一張顧客意見表……

*　*　*

兩日後，小藍和星美相約在巴士站會合，再一起上學。昨晚，她們做好資料搜集，擬定了連串作戰計劃，誓要成功和安琪夫人握手。

她們先到校務處報到，然後跟着許校長和副校長去停車場迎接嘉賓。

安琪夫人把鬈曲長髮染成深褐色，身上散發出淡淡花香。她穿着深藍色連身魚尾短裙，胸前和袖口點綴了黑色和白色毛鬚花邊，配上黑色高跟鞋，顯出優雅的古典美。當然，她的手套才是重點，灰色手套上有細小的繡花裝飾，簡單卻不失莊重。

「今天拜託你們了，麻煩你們不好意思呢！」安琪夫人的聲音很溫柔。

「真人比上鏡漂亮得多了。」小藍低聲説。

「我是女生都忍不住不停望着她。」星美説。

許校長輕咳兩聲，斜睨着身旁的小藍和星美，以淩厲的眼神叫她們不要做出失禮的行為。

兩個女生吐一吐舌頭，馬上立正站好。

由於副校長要上課，於是由其他三人擔任導賞員。

他們首先參觀校務處和教員室，許校長講解時，小藍和星美一直盯着安琪夫人的手套，期待着等一會參觀縫紉室……

【小藍和星美幻想劇場一】

今天縫紉課，同學們會用縫紉機縫製短裙。安琪夫人對衣着講究，欣賞同學的製成品時，自然會談起服裝的話題。

這時，星美就會乘機説：「安琪夫人，你的手套手工精緻，可以讓我們看一看嗎？」

不過，安琪夫人肯定會婉轉地拒絕：「只是普通手套，沒什麼好看的。」

然後，小藍就會說：「下次縫紉課要做手套，我們想拿來參考喔。」

星美亦會煽動其他同學：「大家都很想看看安琪夫人的手套吧？」

煽動是好奇心的助燃劑，同學們自然會順勢起鬨説想看。

安琪夫人心地善良，不想同學失望，只好答應：「好吧。」

當她把手套脱下來，小藍和星美就會立即和她握手。

只要計劃成功，變得青春美麗，即使被罵受罰都沒關係了。

小藍和星美非常滿意自己的精心策劃，嘴角不禁牽起得意的笑。

她們踏着愉快的腳步抵達縫紉室，同學們正在……編織圍巾？

「怎會這樣？」小藍傻眼了。

「課程表明明寫着今天是縫製短裙的。」星美說。

許校長和安琪夫人正在和家政老師聊天。小藍和星美趁着她們不留意，躡手躡腳溜到壁報板前，查看課程表的內容。

今天的確是縫製短裙，為什麼會變成編織圍巾？

小藍問附近的女同學：「你們今天不是縫製短裙嗎？」

「縫紉機全部壞了，下星期才有人來維修。」

「怎會這麼巧？」星美暗罵。

小藍瞥見放在教室角落的毛線手套，頭頂彈出明亮的燈泡。她和星美交換眼色，決定隨機應變，臨時改變作戰策略。

「安琪夫人，我們很喜歡編織，想送一雙毛線手套給你喔。」小藍說。

「你們真有心，我很高興啊，謝謝！」

「為了編織出合適的尺寸，我要量度你的手掌。」星美拿出一把軟尺。

安琪夫人微微一笑，點頭說：「好的。」

小藍和星美在心裏暗叫「成功了」！

安琪夫人緩緩伸出手，她們準備就緒，不由自主地嚥一下口水……

「請拿去。」

安琪夫人竟然從手袋裏取出另一雙手套。

「啊？」小藍和星美一時間不懂得反應。

「我習慣多帶一雙手套出門，你們可以用它來量度尺寸。」

「不會吧，後備手套？」小藍眨了眨眼睛。

「我們真是太大意了！」星美低喊。

計劃一徹底失敗！

然而，小藍和星美沒有氣餒，她們還有計劃二。

【小藍和星美幻想劇場二】

午休，安琪夫人會在飯堂和同學們一起用餐，聊聊校園的日常生活。飯堂擺放了很多桌椅，走道狹窄，十分擠迫，大家向來要肩靠肩坐在飯桌前吃飯。

正當大家談得興起時，小藍就會乘機打翻安琪夫人的水杯，弄濕她的手套。

「呀，對不起！手套和衣服都弄濕了，怎麼辦？」

小藍慌忙道歉的同時，星美會給安琪夫人遞上毛巾。毛巾下面事先塗上茄汁，安琪夫人一擦，手套便會被茄汁弄髒。

在雙重攻擊之下，手套又濕又髒，安琪夫人必定當場脫下手套。

當她把手套脫下來，小藍和星美就會立即和她握手。

只要計劃成功，變得青春美麗，即使被罵受罰都沒關係了。

小藍和星美非常滿意自己的精心策劃，嘴角不禁牽起得意的笑。

她們踏着愉快的腳步抵達飯堂，飯堂竟然變得……寬敞了！

所有桌椅重新排列，桌上鋪了格子桌布，並且擺放了鮮花，跟平日的氣氛截然不同。

「怎會這樣？」小藍傻眼了。

「今天有貴賓嘛，當然要稍為收拾整理啦。」飯堂老闆娘麗姐說。

她是安琪夫人的忠實粉絲，平時衣着隨便的她，今天竟然悉心化妝打扮，就連圍裙都是新買的。

「你已經超越『稍為』的程度了。」星美說。

安琪夫人在長桌坐下來，許校長和小藍坐在她兩旁，和其他同學邊吃飯邊聊天。

走道變寬了，座位疏落了，小藍和安琪夫人的距離也變遠了，無法在用餐時打翻她的水杯。

小藍瞥見同學買果汁，頭頂彈出明亮的燈泡。她和星美交換眼色，決定隨機應變，臨時改變作戰策略。

小藍悄悄地離開座位，買了一杯番茄汁，走到安琪夫人身邊，說：「飯堂的番茄汁很好喝，你一定要試試喔。」

「謝謝！」

安琪夫人伸出手來，想接過番茄汁。小藍看準時機，手一抖，番茄汁溢出，濺濕了安琪夫人的手套。

「呀，對不起！手套弄髒了，怎麼辦？」

「你把手套脫下來，我幫你洗乾淨。」星美說。

「不用了。」

「你不必客氣啊！」小藍和星美說。

安琪夫人從手袋裏拿出一塊布，輕輕一擦，番茄汁竟然全部不見了，手套像新的一樣，沒有半點污漬。

「手套採用特製物料，這塊抹布可以擦走所有污垢。」

天啊！這是什麼新發明？太令人意外了！

計劃二徹底失敗！

然而，小藍和星美沒有氣餒，她們還有計劃三。

【小藍和星美幻想劇場三】

參觀學校行程還包括參與學生社團活動。

合唱團、體操社和芭蕾舞社是誠修三大傳統社團，芭蕾舞社正在休社、體操社放學才練習，安琪夫人只能觀摩合唱團練歌。

當許校長準備提出去音樂室時，小藍就會搶先說：「安琪夫人，誠修的占卜社很有名，你一場來到，一定要去見識，校長老師都很欣賞占卜社喔。許校長，對吧？」

許校長在來賓面前必須表現大方，就算明知小藍有陰謀，再生氣都不會對她怒吼。

為免許校長找借口駁回小藍的提議，星美還會加緊奉承：「是呀，許校長是尊重學生意見的好校長，我們都很喜歡她，在校園裏留下很多美好的回憶呢！」

許校長沒有退路，只好擠出生硬的笑容說：「我們去參觀占卜社吧。」

抵達占卜社活動室後，小藍就會提議：「安琪夫人，占卜社的掌紋占卜很靈驗，你一定要試試看喔。」

星美不等安琪夫人表態，便會把她按在椅子上，對社長說：「拜託你為安琪夫人做掌紋占卜。」

安琪夫人心地善良，不想同學失望，亦只好勉為其難脫下手套。當她把手套脫下來，小藍和星美就會立即和她握手。

只要計劃成功，變得青春美麗，即使被罵受罰都沒關係了。

小藍和星美非常滿意自己的精心策劃，嘴角不禁牽起得意的笑。

她們依照劇本提出參觀占卜社，許校長的反應一如所料。由於事前背好台詞，兩人輕易過關。

她們踏着愉快的腳步抵達占卜社活動室，手持水晶球的同學竟然是……阿匠？

「你為什麼在這裏？社長呢？」小藍低聲問。

「社長今天請假，由我負責接見來賓。」

「你怎會知道我們的計劃？」

「惡魔的字典裏沒有『不知道』。」

「你不是占卜社成員，社長不在也輪不到你出場。」星美說。

「我比正式成員更有實力呀。」

「總之，你不要破壞我們的計劃。」星美嚴厲地警告。

「嘿，你又怎知我不會成人之美呢？」

以往但凡有嘉賓訪校，午飯後的活動必定是觀摩合唱團練歌，好讓嘉賓跟同學互動。

阿匠估計小藍和星美為求達到目的，必定會更改許校長的行程。安琪夫人穿着短裙，不方便做運動，當然不會跑步或打球。文化社團中，只有占卜社有機會令她脫手套。

即使當事人不說出來，只要稍作推測，一切都在阿匠掌握之中。

阿匠和安琪夫人隔着桌子，面對面坐着，桌上有一個水晶球。

「請問你想知道什麼？」阿匠問。

「嗯……個人健康。」

「好的。」

阿匠隔空摸水晶球，口中唸唸有詞，一副專業人士的模樣。

「紅色……好多紅色……」

「紅色？是血嗎？是不是發生意外？」小藍緊張地問。

星美心想，阿匠擺明是胡說的，你不是相信他會占卜吧？

阿匠皺起眉頭，盯着安琪夫人的臉說：「為了證實我所看見的未來，我要再看看你的掌紋。」

他不打算破壞小藍和星美的計劃，因為他很想看到她們成功握手後，被許校長責備的可憐相。

「掌紋？」安琪夫人顯得猶疑。

「如果你不願意的話，我不會勉強，恕我無法把水晶球的結果告訴你。」

「明白了，我也想知道占卜結果。」

安琪夫人緩緩脫下手套，小藍和星美準備就緒，不由自主地嚥一下口水……

「請看吧。」

安琪夫人伸出手掌，手套裏面竟然還有質地透薄的透明手套！

「為什麼穿兩雙手套？」星美驚訝不已。

「你們會在校服裏面穿內衣，手套裏面當然也要穿內衣。」

天啊！這是什麼內衣概念？簡直聞所未聞！

計劃三徹底失敗！

小藍和星美再沒有其他計劃，她們完全拿安琪夫人沒辦法了。

＊　＊　＊

離開占卜社活動室，校務處職員來找許校長，請她回去接見家長。小藍和星美繼續陪安琪夫人參觀學校。

許校長不在，氣氛驟然變得輕鬆了。果然，她的氣場太強大，不只學生有壓迫感。

安琪夫人喜歡大自然，而大量綠化地帶是誠修書院的特色。三人走出校舍，在林蔭步道、草地、花圃等地方散步。

「你還想去哪裏？」小藍問。

「嗯……就去你們最喜歡的地方吧。」

小藍和星美相視一眼，笑着說：「溫室。」

種植場和溫室遠離校舍，栽種了不同品種的觀賞植物。安琪夫人看到滿目花卉，露出愉悅的神情，說：「這些植物都很健康、很漂亮呢！」

「全部都是由園丁勇哥打理的，他是活生生的花卉百科全書。」星美說。

「還有純純幫忙喔。你看，這些蝴蝶蘭就是他種的。」小藍說。

「純純？」安琪夫人問。

「中三的同學，我們的好朋友。」

「原來這樣，難怪你們最喜歡這個地方了。」

安琪夫人俯身觀看這些紫色蝴蝶蘭，從植物良好的生長狀態，可以感受到種植者付出的耐性和愛心。

「你從來不出席誠修的活動，為什麼今天要來參觀學校？」小藍問。

「你覺得呢？」

「無聊。」

「對呀，有錢人都喜歡做無聊事。」星美說。

安琪夫人「噗哧」一笑，覺得這兩個女生率直得很可愛。

事實上，她是誠修校董，會來學校是理所當然的事，沒有人問過原因。

「我不喜歡人多的地方，因此除了慈善活動，很少在公開場合露面，但我有出席誠修的校董會。自從許校長上任後，她多次申請學生社團的活動經費。就算被其他校董否決，她仍然一次又一次爭取。我一直很好奇，誠修的學生是怎樣的呢？竟然令她這麼拚命。」

小藍和星美也聽過許校長爭取活動經費的難處，沒料到竟然是這個理由吸引行事低調的安琪夫人來學校。

「經過今天的探訪，我終於明白了，你們都是認真的學生，許校長想成為你們的助力。我說的認真不單只讀書，還包括認真地鑽研喜歡的事物，認真地看待身邊的同學，認真地開玩笑，認真地活在當下。」

「還有認真地占卜。」小藍衝口而出。

「嗯，真的很有趣呢！」

聽過訪校的理由後，星美更喜歡安琪夫人了。縱使脱手套計劃接連失敗，安琪夫人也好像看穿了她們的想法，星美還是想和她握手。

「我可以和你握手嗎？」星美直接問。

「不戴手套的。」小藍接着説。

「喂，你……」星美被小藍的舉動嚇壞了。

安琪夫人點了點頭，微笑着説：「可以啊！」

「真的嗎？」她們喜出望外。

安琪夫人脱下手套，把雙手遞出來。

小藍和星美分別握着她的左右手，一分鐘、兩分鐘、三分鐘……她們的外表沒有變化，連一絲特別的感覺都沒有。

難道天使之手的S傳説是假的？

突然，一隻白鴿高速撞向溫室的玻璃窗，再掉到地上。

安琪夫人走出去，蹲下身抱起白鴿，發現牠的翅膀折斷了。

「你很痛吧，請等一等。」

安琪夫人用左手按着受傷的翅膀。過了一會，她把白鴿放在地上，白鴿晃了晃脖子，拍翼飛上天空。

「牠康復了！」小藍大吃一驚。

「難道你真的有超能力？」星美瞪大眼睛問。

安琪夫人把食指抵在唇上，請她們不要大叫，然後説：「我可以醫治動物的傷口，但治不好動物的疾病，人類的傷口也無法醫治。」

「真厲害！」小藍和星美喊。

「超能力的事只有我父母和丈夫知道，張揚出去的話，我便會受到監視，無法再為動物療傷。你們可以幫我保守秘密嗎？」

安琪夫人是真真正正的天使！

可以和天使擁有共同秘密，簡直連做夢都沒想過，哪有拒絕的理由？

「我們一定會保守秘密的。」小藍說。

「請你相信我們。」星美猛力地點頭。

「謝謝！」

「我們可以和你自拍嗎？」小藍拿出手機問。

「可以啊！」

「我們可以要你的簽名嗎？」星美拿出筆記簿問。

「可以啊！」

「我們可以去你家玩嗎？」小藍問。

「不可以啊！」

午後的陽光映照在安琪夫人身上，閃耀着迷人的光芒。

「天使」真的很美麗，她的內心更加美麗！

* * *

觀課日在同學的積極配合下，得到良好的評價，包包熊總算鬆了一口氣。

小藍和星美沒有向任何人透露昨天發生的事，特殊的經歷卻令她們改變了一些價值觀。

在通往教學樓的路上，阿匠和忍者從後看到親善大使二人組，快步走上前去。才靠近她們，就發現星美多了白頭髮，小藍也多了暗瘡。

「看來有人無法和安琪夫人握手，自暴自棄了。」阿匠挖苦她們。

「頭髮不是黑色就是白色，不值得大驚小怪。」星美說。

「青春期當然會長暗瘡，我昨天還吃了一包番茄味薯片。」小藍說。

「你們前兩天才喊救命，現在為什麼好像不在乎似的？」忍者摸不着頭腦。

「還不是明知不會變得漂亮，索性放棄治療。」阿匠吃吃地笑。

「嘖嘖嘖！」小藍晃了晃手指，認真地說，「男生實在太膚淺了，只有單一的美麗標準。我跟你說，女生最重要的是內在美，就算有白頭髮和暗瘡，依然漂亮動人。」

「相由心生，你們沒聽過嗎？」星美反問。

「我們都是漂亮的女生！」

小藍挽着星美的手臂，撇下男生們，踏着自信的步伐走上教學樓的樓梯。

望着她們的背影，阿匠忍不住笑了出來，搖着頭說：「內在美？哈，不要開玩笑了！」

惡魔小劇場 一

惡魔之手

謎團二　黑客毒蝙蝠

二月一日，上午十時三十分，全體初中生到禮堂聽網路安全知識講座。

台上的男講者自稱電腦專家，經常在電視和電台分享心得。他一邊播放電腦簡報，一邊口沫橫飛說個不停。

可惜，不管講者做了多少準備，多努力提供資訊，大部分同學都因睡眠不足，在座位上打瞌睡。

到了十一時正，禮堂突然響起節奏強勁的音樂，打瞌睡的同學全部在夢中驚醒過來。接着，台上的投影幕變成黑色，一條條紅線在熒幕上交替閃現，配合着躍動的音樂，猶如一場激光表演。

「咦？為什麼會這樣？」

電腦專家慌忙按鍵盤，可沒有任何反應。他沒看過這種東西，專業知識告訴他，發生狀況的理由只有一個。

相反，台下同學的反應極為雀躍，中一同學以為是特備節目，中二和中三的同學卻心裏有數，預測到接下來將會發生的事。

熒幕上的紅線匯聚在一起，逐漸演變出一隻紅色……蝙蝠！

當音樂停止，紅色蝙蝠的頭頂噴出白煙，閃現三次後，蝙蝠消失了，投影幕回復正常，再次播出原本的簡報。

同學們和電腦專家互相對望着，沉默支配了整個禮堂。

「剛才的蝙蝠……」電腦專家面有難色，不想說出口，卻又不能隱瞞。

「不是我帶來的，而是……」他調整呼吸，繼續說，「黑客入侵電腦！」

禮堂裏爆出驚叫聲，同學們議論紛紛，當中以中一同學的反應最為強烈。

阿匠雙手交疊胸前，笑着說：「電腦專家在分享網路安全知識時，被黑客入侵電腦，真是極大諷刺呢！」

前年，二月一日上午十一時正，全校電腦被黑客入侵，一堆紫線在熒幕上交替匯聚後，出現了一隻紫色蝙蝠。

當時引起很大轟動，許校長特地請來電腦專家檢查電腦和伺服器，可惜都找不到入侵源頭。奇怪的是，黑客沒有破壞學校的電腦系統，也沒有竊取教職員和學生的資料。最終，校方視為惡作劇，沒有再跟進下去。

去年同一時間，黑客再次入侵全校電腦，出現形式和上次一樣，只是紫色蝙蝠變成了橙色。校方認定上次的黑客植入隱藏病毒，到了指定時間再次爆發，於是請來兩位電腦專家清除病毒。

然而，經過詳細檢查後，學校的電腦沒有發現病毒。同樣地，黑客沒有作出任何破壞或竊取資料。校方報警，警方也只是備案處理。

黑客連續兩年入侵學校電腦，同學之間傳出各種猜測，可是全都無法得到證實。「黑客毒蝙蝠」的S傳説從此流傳開來。

＊　　＊　　＊

教室裏，同學們三三兩兩圍在一起，話題離不開黑客毒蝙蝠。

「黑客一定是宅男胖大叔，人到中年被公司解僱，留在家中沒事做，隨機入侵一間學校。」星美說。

「大猩猩真有見地啊！」忍者說。

「不對，黑客不是人類，而是人工智能系統，行動目的是向人類宣戰，準備統治人類。」小藍摸着下巴說。

「女班長，你看太多科幻電影了。」阿匠說。

「男班長，難道你知道誰是幕後黑手嗎？」

阿匠打開筆記簿，邊寫邊說：「連續三年，案發時間都是二月一日上午十一時，表示這個時間對黑客有特別意義。真蝙蝠很醜，蝙蝠繪圖卻很可愛，表示黑客對蝙蝠繪圖有特別感情。蝙蝠的顏色分別是紫色、橙色和紅色，明顯是情緒的推進。今年額外在蝙蝠頭頂加白煙，表示黑客非常生氣。」

「匠老大，你有什麼結論？」忍者以期待的目光凝視着阿匠。

「結論是……」阿匠扶正眼鏡，說：「黑客的電腦技術很高明。」

所有人肩膀一歪，差點沒跌倒在地上。

大家都知道黑客精通電腦操作，還以為阿匠會說出黑客的真正身分呢！

阿匠合上筆記簿，說：「想要對付網路黑客，當然要交給電腦達人。誠修學生的厲害，連所謂專家都要甘拜下風。」

*　　*　　*

阿匠帶領S成員進入舊綜合大樓，向大樓東翼走過去。

「匠老大，電腦室不是在這邊。」忍者說。

「誰說要去電腦室？」阿匠反問。

「你要找電腦達人，不去電腦室，要去哪裏？」星美問。

「我知我知，那些電腦達人在這邊的活動室休息。」小藍說。

「嘿，凡夫俗子果然一點想像力都沒有。」

阿匠一直走到東翼走廊的盡頭，在他們面前是一道門。

「我們來儲物室幹嗎？」忍者問。

「誰說走廊盡頭的房間一定是儲物室？」阿匠反問。

「難道是……」小藍說。

「密室！」星美說。

阿匠牽起單邊嘴角，旋開門把，門後竟然是——樓梯！

舊綜合大樓在一百年前興建，建築時就有一個地下室。當時，科學老師會在地下室進行高度危險性實驗。

隨着社會環境改變，政府對危險品加以規管，後來上任的科學老師都依照課程指引來授課，不會私下做實驗。這個地下室再也沒有人使用了。

由於每幢大樓的走廊盡頭都是擺放清潔用品的儲物室，老師同學都有先入為主的觀念，通往地下室的入口也被遺忘了。

四人沿着昏暗的樓梯往下走，到達地底後還有一道木門，門上並沒有活動室掛牌。

阿匠以「三長兩短」的方式叩門，半晌後有人前來開門。

那人從門縫掃視到訪者，大家都看不清楚對方的樣子。只是一條門縫，便足以透出陰森的寒氣，小藍、星美和忍者不禁打了個寒噤。

「快進來！」

那人打開門讓眾人進去，除了阿匠，大家都「嘩」的叫出聲來。

室內燈光昏暗，沒有任何裝潢或擺設，卻擺放了多台電腦。電腦熒幕全部亮起，顯示出密密麻麻的編碼。

一男一女坐在電腦前敲鍵盤，聚精會神地盯着熒幕。開門的男生坐在房間中央的桌子上，對阿匠說：「你真的帶他們來了。」

「不然你以為我跟你開玩笑嗎？」

「他們可以保守秘密嗎？」

阿匠問身後的同伴：「你們說呢？」

「保守秘密是指不把這裏的事說出去嗎？」星美問。

「說出去又怎樣？」小藍接着問。

這時，小藍、星美和忍者的手機發出響聲，拿出來一看，手機竟然被人上鎖了。熒幕上有很多蟑螂快速爬行，並且彈出恐嚇字句，要是洩密就在他們的社交網站發放毀滅性訊息。

「說出去的話就像這樣。」電腦前的女生轉身說。

「不說！不說！絕對不說！」三人臉色發青，連連搖頭。

「好孩子。」女生笑了笑，按一下鍵盤，三人的手機隨即回復正常。

小藍受驚過度，頭腦竟霍然變得清晰。

「呀，你們就是黑客毒蝙蝠！」

「真可惜！你猜錯了。」坐在桌上的男生說。

「那麼你們是什麼人？」忍者問。

他們都是中六的電腦達人，彼此以綽號稱呼，女生叫葵鼠，鄰座的男生叫鼴鼠，開門的男生叫地鼠。

雖然三人都是誠修的學生，卻是在網上認識的，最近才組成地下社團，瞞着老師在地下室進行秘密活動。

他們都想在畢業前做一番大事，為青春留下美好的回憶，閒聊時提及黑客毒蝙蝠，於是創立「反黑組」，意思是反擊黑客的組織。

地鼠和阿匠是廣播社的成員，地鼠有天不小心說漏了嘴，被阿匠察覺到蛛絲馬跡，從而揭發反黑組的秘密。

難得遇到有趣的事情，阿匠當然不會輕易放過地鼠，於是提出反黑組和S傳說研究社聯手，共同破解黑客毒蝙蝠的S傳說。

反黑組預計黑客毒蝙蝠會在今天出動，一早在地下室部署，當敵方一入侵學校電腦，他們便同步阻截和追蹤。

「結果呢？」小藍問。

「你們都見到了，我們無法阻止黑客毒蝙蝠，但成功追查到他的所在地。」地鼠說。

「美國洛杉磯。」葵鼠說。

「真厲害！兩年以來，校方聘請的電腦專家都追蹤不到黑客毒蝙蝠，你們怎樣找到他？」忍者由衷佩服反黑組的實力。

「詳細方法你們聽不懂的，簡單來說就是分析過去兩年的數據，先鎖定某些目標，再在黑客出現時快速追蹤。」鼴鼠說。

「黑客毒蝙蝠很聰明，我們要破解，追蹤，再破解，再追蹤，花了不少時間。」葵鼠補充說。

小藍、星美和忍者歪着頭，全然聽不懂他們的話。

不過，這些都不是重點呢！

第一次接觸網路黑客，小藍感到莫名興奮，問道：「我們怎樣合作？申請活動經費去洛杉磯嗎？」

「好啊！我們自組遊學團，順便玩個痛快。」忍者應和着。

「阿匠，你的同伴都是這種智商嗎？」鼴鼠不客氣地問。

阿匠瞥一眼星美，腦海浮出猩猩的樣子。他攤一攤手說：「都是差不多。」

「其實，只有我們已有足夠能力破解謎團。既然你們專門研究S傳說，好歹也要讓你們參與。」葵鼠說。

「你們說話的口吻和阿匠很相似，都是自信得令人討厭。」星美撅起嘴說。

「謝謝！」阿匠、鼴鼠和葵鼠齊聲說。

「我才不是稱讚你們啊！」

「這樣分工吧，我們負責電腦操作，你們向教職員打聽他們的處理方法。」地鼠的態度算是三人中最友善的了。

「遵命！」小藍和忍者做出敬禮的手勢。

「打聽消息？你們可以輕易入侵教職員的手機偷聽情報，用不着我們親自出動。」星美撇一撇嘴。

「你還是搞不清楚嗎？我們是反黑組，不是黑客……小朋友！」葵鼠擺出學姐的姿態，糾正道。

星美氣炸了，大吼：「你一開始就入侵手機恐嚇我們，扮什麼正義使者啊！」

阿匠和地鼠無奈地聳一聳肩，女生的戰場比黑客恐怖得多了！

*　　　*　　　*

阿匠和小藍是班長，可以自由出入教員室，只要裝作幫老師數點功課，便不會引起懷疑。

許校長和幾個老師站在教員室窗前，討論着黑客的身分。阿匠和小藍以工作紙做掩護，不動聲色地溜到他們附近。

「我肯定黑客是誠修畢業生，對學校懷恨在心，處心積慮策劃報復行動。」訓導主任說。

「你經常無理懲罰學生，很多畢業生對你有怨言。如果要報復，只要來找你便可以了。」音樂老師反駁說。

「我相信誠修的學生不會這樣做的。」許校長說。

「許校長，你太信任學生了。現今社會環境複雜，學生不再單純，心思難以捉摸。」訓導主任說。

「大人以複雜的思想來忖度學生，當然認為他們不單純。沒有仔細聆聽學生的心聲，就責怪他們難以捉摸。」音樂老師再次反駁。

「喂，你總是句句話針對我！」訓導主任語帶不滿地喊。

小藍忍不住「噗哧」笑了出來，隨即用工作紙遮住臉，以免被老師發現。沒有學生喜歡訓導主任，小藍有時覺得他蠻可憐的。

「第一年是惡作劇，第二年是忠告，今年是警告，我覺得黑客似乎想傳遞某個訊息。」許校長說。

「警告？為什麼不明確說出要求？」音樂老師問。

「問題就在這裏，黑客的訊息可能只是發送給某個人或某些人，期望對方作出回應。還有，為什麼要在二月一日行動？今天是什麼紀念日呢？」許校長說。

許校長的分析為阿匠帶來新思維，向黑客的真身走近多一步，可目前仍然資訊不足，還不能妄下定論。

之後，老師們不斷在相同問題上繞圈子，阿匠覺得沒必要再聽下去，用手肘撞一撞小藍，悄悄走出教員室。

*　*　*

由於發生黑客入侵事件，電腦室暫停開放，原定的電腦課都改在教室上課。

星美和忍者偷偷潛入電腦室，鑽入桌子下面，偷聽大人們的談話。星美透過手上的小鏡子，可以看到他們的側面。

室內共有四個人：副校長、電腦老師、教學助理和電腦專家，他們很少說話，氣氛十分凝重。

由於前兩年的電腦專家都無法破案，在場的電腦專家顯得特別緊張。看他滿頭大汗，臉容繃緊，估計同樣被這個棘手問題難倒。

「怎麼樣？你有頭緒嗎？」副校長問。

「嗯……我相信……咳咳……」電腦專家喝了一口水，囁嚅地說，「我相信應該……可能……是境外黑客犯案。」

「境外？即是哪裏？」

「烏克蘭……或者克羅地亞……總之很大程度是東歐國家。」

「是洛杉磯才對。」忍者小聲說。

星美搥了忍者一拳，做手勢叫他閉嘴。

「不是本地人犯案，豈不是報警也沒用。」副校長說。

「但也可以是本地黑客使用外地伺服器，變更數據傳送路線來犯案。」電腦老師說。

「嗯……當然也有這個可能性。」

星美心想，應該可能、很大程度、也有可能，所謂專家提出的意見竟然模稜兩可。他能力不足，不懂得破解黑客的作案手法，就直接承認好了，還在逞強，死要面子。

「你有什麼解決方法？」副校長追問電腦專家。

「黑客可能初次犯案時在學校的伺服器植入病毒，才會每年定時爆發。」

「但我們用過不同軟件掃描，都顯示沒有病毒。」教學助理說。

「那是……嗯……超級隱藏病毒，很毒很毒那種！」

「怪不得找不出來，病毒名稱是什麼？」副校長問。

「那個……總之就是很厲害的病毒，很難發現和清除。我建議你們將所有電腦格式化，然後安裝最新防護系統，黑客就無法再入侵了。」

「謝謝你的意見！我們會和許校長商量的了。」

星美心想，找不到黑客，不懂得刪除病毒，就索性將所有電腦格式化。隨便去電腦店找個技術員都做得到，虧他還好意思自稱電腦專家，臉皮真厚！

* * *

舊綜合大樓的地下室充斥着敲鍵盤的聲音，文字和符號快速在電腦熒幕流動。在昏暗的房間裏，電腦熒幕格外光亮。

聽到「三長兩短」的叩門聲，距離房門最近的地鼠望向閉路電視畫面，看到四個S成員站在門外。他再查看另一個閉路電視畫面，確定樓梯沒有人，才起來開門。

「報告報告，我們……」小藍說。

「電腦專家那邊……」忍者說。

兩人同時出聲，反黑組成員聽不到他們的說話。

「你們輪流匯報吧。」地鼠說。

他們相繼說出在教員室和電腦室打聽到的消息。地鼠邊聽邊點頭，沒料到初中生會有驚人的辦事效率。

「校方委託『半桶水』電腦專家，太失策了！」地鼠說。

「我們暗中用特別軟件掃描，學校的伺服器和電腦都沒有超級隱藏病毒。」葵鼠說。

「嘖！你不是說過不做黑客嗎？」星美撅起嘴說。

「黑客只會植入病毒，不會掃描病毒……小朋友！」

「還不是非法入侵他人電腦，有什麼分別啊？老太婆！」

「你們不要……」

忍者想勸阻兩個女生吵架，阿匠卻按着他的肩膀說：「任何時候，男生都不要介入女生的紛爭，否則只會自取滅亡。」

「匠老大，你說了至理名言啊！我一定會好好記住。」

「你們有什麼發現？」阿匠問地鼠。

地鼠走到鼴鼠後面，指着他的電腦熒幕說：「我們已經找到黑客了。」

「太好了！」小藍和忍者喊。

「可惜，黑客的電腦有密碼，我們正在用軟件破解，看來還要花很長時間才能進入黑客的電腦，和他取得聯絡。」鼴鼠說。

「你們要通宵留守嗎？」忍者問。

「我們仍是高中生，不能隨便在外面留宿。我們傍晚便會回家，電腦會繼續運作，明天一早再回來。」地鼠說。

「我還有什麼可以幫忙？」小藍問。

「你很積極呢，那就幫我們買下午茶吧。」

「遵命！」小藍做出敬禮的手勢。

吃完下午茶後，時間已經不早了。

阿匠和反黑組商量明天的作戰策略，其他人先行回家。

*　　*　　*

「忍者！」

忍者、星美和小藍走到校門，聽到有人在後面叫喊。他們停步回頭，三個女生正在向着他們追上來。

「又是你的粉絲，我們先回家了，拜拜。」星美說。

「拜拜。」小藍說。

三個女生輪流和忍者拍照，雙人照、三人照，還有大合照，拍個不停。

女生們檢查相片質素時，短髮女生說：「一整天都找不到你，禮堂、操場、飯堂、連圖書館都找過了。」

「今天有很重要的事情要做，我去了其他地方。」忍者說。

「我們還去了溫室，竟然連植物宅男都不在，真是少有呢！」眼鏡女生說。

除了3A班同學和S成員，沒有人知道純純一直請病假。今天太忙了，女生們現在提起，忍者才察覺到整天下來都沒有想起純純，覺得好像有點對不起他。

離開學校，忍者沒有立刻回家，他坐上另一輛巴士，前往純純居住的社區。

下車後，忍者先去上次遇見純純的便利店，再沿着純純逃跑後，和阿匠一起追蹤他的路線行走。

住宅區不會在短時間內有翻天覆地的變化，沿途風景跟記憶中的一模一樣，不一樣的只有走在路上的人。

忙碌是思念的殺手，只要讓自己忙碌起來，就會輕易忘掉想念的人。

純純患上流感，不會走到街上。他住在哪裏？總不能在街上大聲叫喊。不知道住址，怎樣探病呢？

一直以來，只要去溫室便會見到純純，從沒想過有一天，他會忽然消失。忍者知道純純有心事，可能有一段痛苦的過去，卻沒有堅持追問。當無法聯絡純純後，他才明白想關心朋友就要及時，對方可能在下個瞬間消失無蹤。

忍者暗自決定，下次見面，就算純純嫌他煩，都要互相說出心底話。

但是，下次……真的還有下次嗎？

走着走着，忍者來到咖啡店「Restart」。他不會一個人在咖啡店喝咖啡，何況價格對初中生來說並不便宜。不過，他想起星美和姨媽喜歡這裏的手工曲奇餅，一場來到當然要買一包給她們。

選購曲奇餅時，忍者的目光溜過牆上的顧客留言板，被其中一張字條攫住了視線。

「哈哈！原來你也來過這裏。」

忍者燦然一笑，拿起紙和筆，開始寫顧客留言。

* * *

翌日清晨，S成員在舊綜合大樓的大堂集合後，一起前往反黑組的基地。

反黑組成員一早坐在電腦前，準備迎接密碼破解的重要時刻。

「還要等多久？」忍者問。

「大約一分鐘。」地鼠說。

「好緊張！我的心跳得很快喔。」小藍把星美的手放在自己胸口。

「宅男胖大叔？人工智能系統？到底是誰呢？」星美很想快些見到黑客的真面目。

一分鐘後，電腦熒幕顯示密碼正確，成功登入的字句。

「成功了！」眾人齊聲歡呼。

然而，在下一秒鐘，熒幕出現一個寶箱，蓋子打開，一隻蝙蝠飛出來，問：「大學聯合招生放榜，小明榜上無名，為什麼不感到難過？」

啊？這是什麼怪問題？所有人的頭頂彈出一個個問號。

「這個黑客很喜歡刁難人，我只懂得回答電腦題，你們來解答吧。」鼴鼠對S成員說。

「答案很簡單，小明知道自己考得不好，預測到自己會落榜。」阿匠自信滿滿地說。

地鼠輸入阿匠的答案，熒幕出現錯誤的字樣，蝙蝠還取笑他是笨蛋。

「我沒理由會答錯！」阿匠是高材生，從來沒有人叫他做笨蛋。

「哈哈，強中自有強中手，你終於遇到剋星了。」星美得意地笑。

「有沒有人知道答案？」地鼠問。
「我知我知。」小藍舉起手說，「因為小明是小學生。」
「就是這樣？」忍者難以置信。
「對呀，這是IQ題嘛。」
地鼠輸入小藍的答案，熒幕出現正確的字樣，蝙蝠翻筋斗表示讚賞。
「小藍，你贏了阿匠啊！」星美興奮地喊。
「我向來很聰明，只是深藏不露，嘻嘻。」
就在這時，熒幕出現第二個寶箱，蝙蝠的問題是：「世上什麼路最長？」
「究竟還有多少道問題？」葵鼠有點不耐煩了。
「央街，英文是Yonge Street，位於加拿大多倫多。」阿匠語氣堅定。
地鼠輸入阿匠的答案，熒幕出現錯誤的字樣，蝙蝠還取笑他是笨蛋。
「哈哈，有人連續做了兩次笨蛋。」星美捧着肚子大笑。

所有人將目光轉向小藍，期望她說出正確答案。

「這是IQ題嘛，答案當然是網路啦。」

地鼠輸入小藍的答案，熒幕出現正確的字樣，蝙蝠翻筋斗表示讚賞。

地下室爆出連串掌聲，小藍榮登IQ題女王的寶座！

阿匠很不服氣，很想把頭撞向牆壁。

咦？慢着，一個想法在腦中閃現，阿匠摸着下巴陷入短暫的沉思。

「匠老大，你是不是有新發現？」忍者問。

「雖然黑客的電腦技術高超，但我覺得他的心態太幼稚了。」

「壞人也可以充滿童真呀。」

「總覺得哪裏不對，我究竟遺漏了什麼呢？」

接下來是第三道問題：「昨天各大報紙頭版有什麼相同內容？」

大家本能地查閱手機軟件，找出各家報紙的頭版。才上網不久，忍者問：「這道也是IQ題嗎？」

對啊，根據黑客的出題方向，不能以常理來作答。

所有人將目光轉向小藍，期望她說出正確答案。

「答案是日期，每份報紙頭版都印着二月一日。」

地鼠輸入小藍的答案後，再次成功過關。

在一片歡呼聲中，阿匠的腦海裏浮出至今收集到的訊息：蝙蝠、惡作劇、忠告、警告、IQ題、小學生、網路、二月一日、紀念日、指定的人……究竟它們之間有什麼關係？黑客為什麼選中誠修書院？

這時，熒幕上的蝙蝠問：「最後一道問題——我是誰？」

這道不是IQ題，黑客憑什麼認為他們會知道答案？之所以提出這道問題，表示在場有人應該知道黑客的身分嗎？

「對了！」阿匠終於想通了，他說，「黑客不是宅男胖大叔或人工智能系統，他是一個小學生。」

「怎麼可能？」眾人驚呼。

「蝙蝠透過超音波聯繫遠方同伴，人類透過網路聯繫遠方親友。二月一日是黑客和某人許下透過網路來聯繫的日子。」

「難道……」地鼠心頭一震，用顫抖的手指輸入「百合」。

剎那間，蝙蝠退出熒幕，出現了一個可愛的小女孩。她紅着眼睛，含着淚說：「你說過任何時候，我只要一上網，就可以見到你。哥哥，你說謊！」

「哥哥？」

所有人交替互望地鼠和黑客，驚訝得說不出一句話。

*　*　*

地鼠的妹妹百合比他年幼六歲，自小便經常給哥哥添麻煩。

地鼠二年級，百合在他的作業簿塗鴉，害他被老師責罵。

小學三年級，兩兄妹在公園玩耍，百合扭小狗的耳朵，小狗想咬她還擊，地鼠及時抱走妹妹，卻被小狗咬到手掌，當場流血不止。

小學四年級，百合生日當天，地鼠用自己的零用錢買雪糕甜筒給她。她在街上邊走邊吃，雪糕弄污路人的裙子，地鼠受牽連無辜被罵。

小學五年級，百合偷偷登上地鼠乘坐的校車，父母以為女兒走失，慌忙四出找她。直到地鼠下車，才發現妹妹躲在車上。

小學六年級，兩兄妹為了爭看電視節目起爭執，百合撒野打地鼠，地鼠一直忍讓，最終忍不住出手，才打了她一下，剛好被父母看到，慘被訓斥一頓。

中學一年級，父母離婚，百合和母親留在舊居生活，地鼠跟着父親離開滿載回憶的家。

半年後，母親和一個美國人再婚。後父對母親很好，很疼愛百合，可百合不喜歡他，沒辦法和他好好相處。

地鼠離家那天，為免百合大吵大鬧，買了一本繪本給妹妹。百合被書裏可愛的動物插畫吸引，坐在沙發上專心地閱讀。

父母離婚後，兩兄妹仍然經常見面，通常都是地鼠獨自找百合，帶她外出遊玩。每次見面，百合都把哥哥送贈的繪本放在背包裏，在等候和乘車時閱讀。

「常常看同一本書不悶嗎？我下次買新書給你。」有一次坐巴士，地鼠對百合說。

「不用了，我只要這本書。」百合說。

「為什麼？」

「我覺得牠們好像我們喔。」百合所說的牠們是指兩個主角。

「是嗎？」地鼠看不出哪裏相像，小女孩的幻想力真是難以理解。

過了不久，後父要返回洛杉磯，母親和百合亦一同到彼邦生活。縱使百合不想離開，但她很清楚當下境況，只得七歲的她根本無從選擇。兩兄妹長時間不能見面，地鼠經常和百合在網上聊天。但是，日子久了，地鼠越來越投入學校的社團活動，加上學業越來越繁重，漸漸減少和百合聯絡，後來只剩下每逢節日的例行問候。

百合知道地鼠是電腦達人，高中選科也是修讀電腦，於是開始學習各種電腦知識。日子一天天過去，百合日以繼夜埋首鑽研，不知不覺成為電腦高手。

百合希望地鼠記起她，為了引起哥哥的注意，就想到入侵誠修書院的電腦，跟他開玩笑。百合深信只要地鼠見到蝙蝠，同時留意日期，便會知道她是黑客，然後主動聯絡她。

萬料不到，地鼠竟然沒有反應。百合不甘心，於翌年相同時間，第二次入侵學校電腦。由於地鼠仍然沒有反應，因此迎來第三次入侵。

這次，終於有人作出反擊，而且追查手法高明。百合查到出手的人是地鼠，高興之餘也有點心傷。為了懲罰他忘記自己，刻意出題留難他。

那一天，百合起程往洛杉磯，地鼠去機場送行。百合翻開地鼠送的繪本，默默地一頁頁看下去。

繪本的名字叫做——《兩隻小蝙蝠》。故事講述兩個好朋友的日常生活，只有平淡溫馨的軼事，沒有驚險刺激的冒險。

地鼠之所以選購這本繪本，純粹是書店正在做展銷，把繪本放在當眼位置。由於封面畫得漂亮，他沒看過內容便拿去付款。

「哥哥，你知道嗎？蝙蝠的超音波可以傳到很遠，牠們就算分開了，都可以知道對方在哪裏。」

這是百合第一次主動提及蝙蝠的超音波。

聽着百合微微顫抖的嗓音，地鼠猝然明白過來，百合其實一早知道要去洛杉磯，只是壓抑着不說出來。

忍耐着，一直忍耐着，獨自忍耐着即將分離的痛苦。

地鼠以為百合只是鍾情於可愛的插畫，原來她對故事有更深刻的感受。

「人類有網路，我們可以在網上聊天，光纖比超音波厲害得多了。」地鼠握着百合的小手說。

「但是我沒有手機和電腦。」

「媽媽有嘛，你可以問她借來用。」

「我什麼時候可以在網上見到你？」

「任何時候，你只要一上網，就可以見到我。」

百合笑着點頭，摟着地鼠撒嬌。地鼠輕撫妹妹柔軟的頭髮，彷彿呵護着一隻受傷的小動物。

兩兄妹分隔兩地生活至今已經四年了。

百合啟程去洛杉磯的日子是二月一日。

航機起飛的時間是早上十一時。

* * *

地鼠和百合商量後，決定向許校長自首和道歉，並且保證黑客毒蝙蝠不會再出現。

許校長透過視像通話教訓百合，她知道闖禍了，深感悔疚，哭得很厲害。

許校長不會再追究，也不會向老師和外界說出百合的事。選擇保密的原因只有一個，不想影響兩兄妹日後的生活。

掛線前，許校長語重心長地說：「上天賜給你非凡才能，就要好好運用，幫助別人，造福社會。」

地鼠走出校舍，S成員在草地的長椅向他揮手。他們知道黑客事件圓滿落幕，都感到很欣慰。

「媽媽有沒有表揚反黑組？」小藍問。

「表揚？他們非法佔用地下室，沒有受到懲罰都偷笑吧。」阿匠說。

「我們沒有受到表揚或懲罰，因為許校長根本不知道反黑組的存在。」地鼠以平靜的聲音說。

「為什麼？」小藍問。

星美腦筋一轉，解釋說：「你只是要百合自首，沒有說出找到她的經過。你們是兄妹，不是陌生人，許校長自然不會懷疑。」

地鼠笑着點頭，他說：「秘密組織當然要保守秘密到底。畢業後，就算沒有人驅趕，我們都會把電腦器材搬走。」

「到時反黑組便會正式解散了。」忍者有點捨不得。

「我們三個在網上認識，以後還會繼續在網上保持聯絡。反黑組不會解散，一旦發生事故，我們便會再次聯手出動。」

「如果你們加入FBI，肯定可以幹一番大事。」忍者說。

「是嗎？我們考慮一下。」地鼠輕笑着說。

「不對，最有前途的人是百合。她現在才十一歲，黑客資歷已經三年了，簡直是天才兒童！」星美說。

「因為想念地鼠，知道他是電腦達人，所以走進相同的世界，希望拉近彼此的距離。世上的天才都是由艱辛磨煉出來的呢！」阿匠說。

「想見我的話，直接聯絡我就好了；生氣的話，直接罵我就好了。但是，她偏要用這麼迂迴的方法。日期呀，繪本呀，我一早忘記了。」地鼠搖頭歎氣。

「你真是不懂女生的心思，不可能直接說出口啊！」星美說，「她就是想你自行發現，想你親自記起她，證明她在你心中仍然佔有一個席位。」

「或者，百合想讓你看看成長了的自己，可惜用錯了方法。」阿匠說。這是旁觀者清嗎？他們沒見過百合，卻比地鼠更了解自己妹妹。現在補救不算太遲吧，以後要做個稱職的哥哥。

「看來我們兄妹要多些溝通了。」地鼠失笑。

「你會去洛杉磯找百合嗎？」小藍問。

「會呀，公開考試結束後，我便會去找她。」

「兄妹團聚太好了，你妹妹等了這天很久，一定很開心呢！」

「到時她可能會狠狠揍我一頓，要我請她吃飯，買禮物給她，我會被她『虐待』得很慘。」

小藍遙望遠空，白雲看起來像小女孩的臉，一張久違的臉。

小藍幽幽地說：「她還會拉着你去她喜歡的地方，纏住你聊天，聊到深夜仍然不想睡覺。雖然說着難聽的話，但其實很關心你。雖然出力打你，但其實很喜歡你。你也是一樣，雖然嫌她煩，但其實很高興。雖然嫌她太粗魯，但其實覺得她很可愛。」

說着說着，小藍的眼眶中漾滿盈盈淚光：「即使無法見面，心意無法傳遞給對方，在心裏仍然佔着重要位置。因為，你們是兄妹，是無可取代的家人。」

小藍沒有察覺到，她不是對地鼠說話，而是對自己講話。

好想見到雙胞胎妹妹紫柔啊！

那些長期埋在心底，無法對任何人說的感受，那些快要把自己壓垮的強烈思念，在地鼠兄妹事件中，壓抑的情緒稍稍釋放出來。

盼望將來有一天，在遠方旅居的妹妹會回家，一家人再次一起生活。

「你為什麼忽然感性起來？差點以為你也有一個妹妹。」星美調侃小藍。

「啊……我……」

小藍還沒回過神，一時間不懂怎樣反應。

學校裏沒有人知道小藍有一個妹妹，除了他……

阿匠走到小藍後面，用雙拳使勁地擠壓她的太陽穴。

「好痛啊！」小藍起身追打他。

在湛藍的天空下，兩人展開一場無聊的追逐戰。

跑着跑着，快要流出來的淚水吹乾了，憂悒的心情也消散了。

* * *

一天傍晚，阿匠獨個兒來到舊綜合大樓的地下室。

地鼠開門，在昏暗的房間中，鼴鼠和葵鼠如常坐在電腦前敲鍵盤。

阿匠在桌上放下三個甜甜圈和三罐咖啡。

「我有任務委託你們。」

「什麼事？」地鼠問。

「我想找一個人。」

「誰？」葵鼠咬了一口甜甜圈。

阿匠把一張相片放在桌上，說：「3A班石柏純……」

「誠修的學生很容易找到住址。」鼴鼠敲着鍵盤說，不望阿匠一眼。

「但如果要『起底』，報酬就不只一頓下午茶了。」葵鼠說。

「誰說我要找誠修的學生？」阿匠說。

「那麼你想找誰？」地鼠用指尖敲了敲純純的相片。

阿匠露出謎樣的笑意，說：「我想找石柏純的……」

惡魔小劇場 二

黑客現真身

謎團三　女神靈異素描

罪魁禍首是一陣突如其來的怪風。

午休前，3C 班上完體育課，男生在更衣室一邊嬉鬧，一邊換衣服。

「忍者，我們一起吃飯囉。」三角臉男生說。

「我約了大猩猩，明天吧。」

「又是這樣，你真是不折不扣的表姐控！」

「你打算將來交了女朋友，仍然經常和星美在一起嗎？」四方臉男生說。

「我沒想過交女朋友，有時間的話，我寧願打籃球。」

「難得長得又高又帥，竟然是戀愛絕緣體，真浪費！你小心孤獨終老！」

「你只是還沒遇到令你心動的女生吧。」三角臉男生說。

「就算變成老伯伯，只要還有大猩猩和籃球就夠了。」忍者望向牆上的掛鐘，「糟了，我要走了！」

忍者匆匆跑出更衣室，途經操場時，突然颳起一陣強風，捲起了地上的沙塵，使他下意識瞇起眼睛。

當強風靜止了，忍者張開眼睛，一張紙從天上徐徐飄下來，掉在他的跟前。

忍者撿起地上的紙張，發現紙張很殘舊，左下角還被火燒掉。他把紙翻過來，一顆心「咯噔」一下，愣在原地。

這是一張美少女半身人像素描，長髮綁成馬尾，長相甜美，眼神純粹，氣質清純。

忍者和美少女互相凝視着對方，世界彷彿為兩人的相遇而停頓。

不久，阿匠走過來，看到呆滯的忍者，想把他手上的素描扯出來，可他抓得太緊，素描不動分毫。

再過不久，小藍和星美也來到現場。小藍在忍者眼前擺擺手，他沒有反應。星美揮拳打忍者的肚子，同樣沒有反應。

過了良久，忍者的嘴唇微微顫動，大家於是把耳朵湊近他的臉。

「我……」

「我？」

「我……我……」忍者激動地喊，「我戀愛了！」

*　　*　　*

這個午休，忍者一直盯着素描，沒有吃午餐。S成員和他說話，他也沒有回應，像一尊石像似的，坐在飯堂動也不動。直至……

「咦？你的素描很眼熟啊！」杏花從忍者身後走過。

「你認識她？她叫什麼名字？讀哪一班？」忍者彈起身，連環發問。

「我的意思是她好像是誠修的學生。」

「畫中人穿着誠修冬季校服，當然是誠修的學生啦。」星美沒好氣地說。

忍者輕歎一聲，失望地坐下來。

「畫紙殘殘舊舊，很久以前的嗎？」杏花問。

「我不知道。」

「這個角度充滿愛，笑得很幸福。我肯定是男朋友視角，畫畫的人是她的男朋友。」杏花對戀愛事特別敏感。

男朋友？忍者雙手顫抖，多麼希望自己聽錯了。

「真的嗎？」小藍問。

「就算不是男朋友，都是喜歡她的人。你是怎樣得來的？」杏花問。

「剛才在操場從天而降，掉在我面前的。」忍者說。

「從天而降的舊畫紙，還要被火燒過，怎麼好像驚慄電影的情節？」

「即使她有男朋友，我都想找到她，向她說出自己的心意。」

「不會吧，你要表白？你喜歡她？」

聊了這麼久，杏花才知道忍者對畫中人一見鍾情，瞬間墮入愛河。

忍者是杏花的偶像，雖說過要愛屋及烏，接受偶像喜歡的人，但事出突然，她還沒調整心態，不想接受這個殘酷的事實。

看着忍者痴痴迷迷的樣子，星美感到不耐煩了，她說：「既然是誠修的學生，逐個教室尋找，總會找到她。你坐在這裏發呆，她也不會從天而降。」

忍者受到星美的啟發，站起來喊：「大猩猩，謝謝你！」晃眼間，他已經一溜煙衝出飯堂了。

眾人熱烈地討論之際，阿匠一直低頭吃飯，沒有發表意見或挖苦同學。

「你今天為什麼不說話？」杏花問。

「你今天為什麼特別多話？」阿匠反問。

黑馬在遠處看到杏花，眼睛頓時變成兩顆愛心。他立刻跑過去，在阿匠身邊坐下來，繞過阿匠的肩望着杏花問：「你們聊什麼？」

「忍者呢……」

可惜，回答的人是小藍。她詳細說出忍者撿到素描和正在尋人的經過。

「畫中人是怎樣的？」黑馬好奇地問。

小藍在操場用手機拍了相片，她找出來後，發送給在場同學。

黑馬注視着相中的氣質美少女，觀察畫紙的狀況，說：「她可能是雪繪。」

「你怎會知道她？」星美問。

「我以前聽過雪繪的故事，她是含恨而終的怨靈。」

* * *

翌日早上，在通往誠修書院的斜坡上，三個中一女生有說有笑。她們見到忍者高大的背影，滿心興奮跑上前去。

「忍者，早晨……嗚哇！」

女生們一見到忍者的樣子，便嚇得放聲尖叫。

忍者的臉頰凹陷，皮膚乾涸，眼神空洞，沒靈魂似的走在路上。

一夜之間，忍者衰老了十年，校草風采蕩然無存！

忍者搖搖晃晃走在校園裏，外表的轉變不是眼花，也不是特技化妝。不單只他的粉絲受到嚴重打擊，其他同學也議論紛紛。

小藍、星美和阿匠夾着忍者，強行把他帶到溫室，讓他坐在椅子上。

「鼻涕翔，你不要嚇我，到底發生什麼事？」星美緊張地問。

「沒事。」忍者以平板的聲音說。

「沒事不會這樣。看你的黑眼圈，昨晚有沒有睡覺？」

「沒有。」

「你有沒有吃晚餐和早餐？」

「沒有。」

「你平時吃很多，怎麼可能由昨天中午到現在都不吃東西？快把這個吃掉！」星美給忍者一包餅乾。

「我不餓。」

「你為什麼熬夜？」小藍問。

「我一直看着女神的素描，不覺得睏。」

「不足二十四小時，畫中人竟然升級為女神了。」阿匠聳了聳肩。

昨天，忍者拿着人像素描尋遍所有教室，都找不到畫中人。他問過很多同學，都沒有人認識她。

大家以為忍者的激情很快冷卻，誰料他的情況比想像中更加嚴重。

「我們能夠相遇是奇蹟，是命中注定的緣分。」忍者看着素描，一副痴痴迷迷的模樣。

「緣什麼緣？你只是偶然撿到掉在地上的素描。」阿匠說。

「匠老大，你最聰明，一定知道怎樣找到女神。」

聽到「女神」兩個字，阿匠登時起雞皮疙瘩。但凡長相過得去的女生都叫女神，這個稱呼早已被人濫用了。

「鼻涕翔，你聽我說，你找不到她的。」星美說。

「為什麼？」

「她在很久以前已經死了。」

昨天，黑馬說出關於雪繪的S傳說。很久以前，校內有一對戀人，名叫隆生和雪繪。隆生喜歡繪畫，每次出外寫生，雪繪都會陪伴他。有一次，隆生為雪繪畫了一張人像素描，雪繪很高興，非常珍惜這份感情。

可惜，兩人的關係後來起了變化，隆生背叛雪繪，搭上女朋友的摯友。雪繪接受不到這個事實，懷着滿腔怨恨自殺。臨死前，她對着隆生畫的人像素描立誓，詛咒隆生沒有好下場。

隆生企圖燒燬素描，可只是燒掉右下角，火竟然自行熄滅。之後，無論他再燒多少次，素描依然完好無缺。

隆生一夜消瘦，恐懼令他語無論次，行為失常。有一天，美術老師要同學畫人像素描，隆生失控發狂，推倒所有畫架，最後在教室裏猝死。

此後，再沒有人見過雪繪的人像素描，怨靈復仇事件看似告一段落。然而，就在隆生死後一年，素描竟然再次出現。

雪繪對男生仍然深懷怨恨，她會刻意讓男生撿到素描，迷住他，控制他的思想。當男生對雪繪的愛達到無法自拔的高峰，雪繪就會把他殺死。

儘管聽到這個傳説後，同學們都擔心忍者撿到的是雪繪的素描，但他們同時懷着希望，只要忍者沒有變得異常，就不是被雪繪盯上了。

可惜，忍者的反應似乎已經引證了傳説的真假。

「鼻涕翔，你清醒啦！」星美猛力搖晃忍者。

「只要你不再喜歡雪繪，她就無法殺死你喔。」小藍說。

「放心吧，我相信雪繪不會殺死我的。」

「為什麼？」小藍問。

「直覺。」

「你的直覺不可信啊！你的體質容易招惹幽靈，上次是柴犬雪丸，今次是雪繪。難道你以為她長得漂亮就不會害人嗎？」

「你不是說過相由心生嗎？雪繪的眼神很善良，她絕對不會害人。」

「她是怨靈，怎會善良呢？糟了！你不單只被她迷住，還被她控制了思想。」星美越想越不對勁。

忍者視星美為英雄，時刻緊記着她的教誨。本來這是好事，星美此刻卻寧願他記性不好。

「我相信我們的相遇一定是上天的恩賜。你們要祝福我們啊！」

「你的單戀癌已到了末期，無藥可救！」阿匠搖頭歎氣。

「對了，雪繪是誠修舊生，校刊一定有她的相片，我要去圖書館找她。」

晃眼間，忍者已經一溜煙衝出溫室了。

誰也沒料到忍者會這麼固執，同伴都沒辦法再說服他，唯有寄望畫中人不是雪繪，他不會有生命危險。

* * *

有同學把忍者的相片上載到他的粉絲專頁，粉絲看到偶像憔悴的樣子，紛紛留言表達關心。同時，雪繪的傳說亦在校內鬧得沸沸揚揚。

阿匠走在林蔭步道，忽然煞停腳步，轉身向後望，後面沒有人。以前，忍者時常跟蹤阿匠，暗中了解他的事情。阿匠有時會反跟蹤，乘機捉弄他。今天，忍者可沒有這種閒情逸致了。

純純又沒有上學，沒有人聽候阿匠的差遣。阿匠身邊變得非常寧靜，寧靜得渾身不自在。

「真無聊！」

不能讓這種日子持續下去，阿匠決定儘快把偏離軌道的人和事回復正常。

在 3B 教室裏，星美被大羣女生重重圍住，她們都是忍者的忠實粉絲。

「這個十字架給忍者，還有蒜頭和靈符，總有一樣用得着的。」

「這些營養飲料給忍者，他不吃飯，就給他灌飲料。」

「這本美少女寫真集給忍者，他看過後就會移情別戀。」

粉絲們知道星美是忍者的表姐，把各式各樣東西放在她的課桌上，讓她轉交給忍者，並轉達她們的心意。

不只粉絲，籃球隊隊員也來教室找星美。

「忍者連續兩天沒有來練球，我們快要打比賽了。」

「給他發短訊又不回覆，他想怎樣？」

粉絲和隊員說個不停，吵死了！

短暫的課後休息時間都被他們剝奪了！

「忍者在圖書館，你們直接找他，不要來煩我！」星美十分煩躁。

「你是忍者的經理人嘛。」大家異口同聲地說。

經理人？有這麼一回事嗎？

星美回想一下，好像曾經隨口說過，卻從沒做過經理人該做的事。

他們在這裏聚集，都是關心忍者。想深一層，粉絲們平時不害臊找忍者拍照，現在卻不親自見他，可能是害怕靈異素描，畢竟這個傳說挺可怕的呢！

「我明白了，我會向鼻涕翔傳達你們的心意。」星美以柔和的聲音說。

「謝謝你！你是全世界最好的經理人啊！」

「我聽說想毀滅素描，不能用火燒，要用水浸，最好是墨汁。」

「但我聽到的方法是把畫中人的眼睛挖出來。」

「太殘忍了！就算是素描，都下不了手吧。」

粉絲和隊員陸續向星美獻計，卻沒有人肯定這些方法是否真的有效。

阿匠和小藍在教室前方望着重重人羣，想加入討論也擠不進去。

「忍者初時以為雪繪在學校裏，才會想找她，向她表白。他既然知道雪繪死了，就算找到她生前的相片，都無法向她表白。為什麼還要堅持尋找雪繪呢？」小藍問。

「喜歡一個人，自然想了解對方的一切。戀愛會令人失去理智，有沒有被怨靈詛咒都是一樣。」

小藍眨眨眼睛，似懂非懂。

「你現在不怕雪繪嗎？」阿匠說。

「聽到那個傳說後，我的確很害怕喔。但忍者相信她不會害人，我們是好朋友，我相信他所相信的。」

「你們都是單細胞生物呢！」但是，單細胞也有單細胞的用處，說不定有意外收穫。

「你想不想幫忍者？」阿匠問。

「想呀。」

「我有一個好方法，只有你才能幫助他。」

「真的嗎？快告訴我！」

阿匠勾一勾手指，示意小藍把耳朵湊過來。

*　　*　　*

在圖書館裏，忍者把歷屆校刊疊在長桌上，埋首尋找雪繪的身影。

小藍躲在書架後面，觀察着忍者的舉動。

雪繪的素描不在長桌上，小藍往下望，書包放在椅子上，拉鏈打開了，素描應該放在書包裏。

小藍的手上握着另一張素描，阿匠給她的任務是——偷龍轉鳳！

阿匠畫了一張仿製素描，並且把畫紙弄得殘殘舊舊，連燒過的位置都跟原作一模一樣。不同的是，仿製素描的雪繪面目猙獰，充滿邪氣，任何人看到都會感到非常厭惡。

先不理會靈異素描是真是假，與其想辦法令雪繪放過忍者，倒不如讓忍者主動放棄雪繪。

阿匠認為只要換走素描，女神變成惡女，忍者便會清醒，不再迷戀雪繪。

小藍相信雪繪不會傷害忍者，本來不想欺騙他。但是，阿匠說人類和幽靈談戀愛注定沒有結果。忍者現在不吃飯不睡覺，繼續沉迷下去，身體會越來越虛弱，無法上學和打籃球。

為了幫忍者重過正常生活，小藍接受阿匠的提議換走素描，她身形嬌小，方便暗中行動。最重要的是，小藍善忘，不怕她把行動向外界說漏了嘴，再傳到忍者耳中。

小藍環視圖書館四周，幸好現在人不多，她夾着仿製素描趴在地上，安靜地在走道爬行，成功繞到書包旁邊。

忍者正在低頭翻閱校刊，沒有察覺到有人在附近。小藍稍稍抬頭，看到放在書包裏的素描。她伸長手臂，摸不到素描。她再靠前一些，手臂再伸長一些……

噢，摸到素描了！小藍正想把素描拉出來，突然……

「呀——」忍者抓亂自己的頭髮，扯開嗓門大叫。

小藍嚇得把手縮回去，鑽到長桌下面。

半晌，忍者抱着書包，衝出圖書館，和走廊的阿匠擦身而過，沿着樓梯向下奔跑。

阿匠走到長桌前，所有校刊都有剛剛翻過的痕跡。忍者應該找不到雪繪，受到打擊而發狂。

小藍從長桌下爬出來，把仿製素描交給阿匠，說：「任務失敗了。」

「算了吧，我再想辦法。」

「忍者要去哪裏？」小藍問。

「誰知道？」阿匠聳聳肩。

「啊，他可能知道在哪裏找到雪繪。」

「他不可能找到雪繪的。」阿匠捲起仿製素描，呢喃着。

「你說什麼？」小藍聽不清楚。

「沒什麼。」

阿匠避開小藍的目光，臉上漾起幽微複雜的表情。

*　*　*

午休，小藍、杏花和嘉莉莉去誠修附近的咖啡店吃意大利粉。

即使離開了學校，她們的話題仍然離不開忍者。

杏花和嘉莉莉是忍者的粉絲，看到他苦戀着不存在的人，都感到心痛不已。

「一見鍾情的殺傷力真是太大了！」嘉莉莉說。

「淒美浪漫的人鬼戀只會在電影出現，現實世界是殘酷的。」杏花說。

「珍貴的初戀就這樣白白斷送，忍者太可憐了！」

「斷送初戀還好，最怕連生命都斷送。」

「你真的認為那是靈異素描嗎？由始至終，雪繪的故事只是傳說，沒有人見過她，也沒有人有類似經歷。」

「如果不是真的，忍者為什麼會變得不尋常？」

「我不知道。」

杏花和嘉莉莉對靈異素描各有看法，但小藍只是專注於意大利粉，沒有表達意見。

「小藍，你不要只顧住吃。」嘉莉莉略顯不滿。

「我肚子餓嘛。」

「忍者的初戀比意大利粉重要得多了。」

「我其實不明白愛上畫中人是什麼一回事。」小藍嚼着意大利粉說，「我們透過藝術品可以了解創作人的思想感情。忍者要是喜歡畫中人，他一見鍾情的對象是畫畫的人才對。」

「畫畫的人是男生，但忍者喜歡女生。」杏花強調。

「小藍對戀愛反應遲鈍，就算有人喜歡你都察覺不到。」嘉莉莉說。

「我察覺不到的話，你們就直接告訴我呀。」

小藍誤解了嘉莉莉的意思，嘉莉莉也沒好氣再說下去了。

這時，服務生端上三杯餐後咖啡，咖啡上面都有心形拉花。

杏花立刻用手機拍照，並上載到社交網站。

「你最近常常上載拉花咖啡。」嘉莉莉說。

「漂亮嘛。不過，這間咖啡店的拉花很普通，我比較喜歡動物圖案。」

「我知道有間咖啡店的立體動物拉花很可愛，那裏還有很好吃的曲奇餅喔。」小藍在手機找出以前拍下的相片。

「好可愛！我要去，店名呢？」杏花很想現在就起行。

「Re什麼的，我忘記了，但我記得怎樣去。」

「明天放學後，我們一起去囉。」

「好呀。」

「我都沒問題。」嘉莉莉說。

＊　　　＊　　　＊

男洗手間的光管一閃一閃，為狹窄的空間增添了詭異的氣氛。

地鼠走出廁格，當場嚇得全身抖了一下。

「嗨！」

阿匠雙手插入褲袋，站在地鼠面前。

「初中流行這種突襲方式嗎？」地鼠邊洗手邊說。

「我是很有禮貌向你打招呼好不好。」

洗手間裏只有兩個人，地鼠瞄向出口，外面擺放了「清潔中」的膠牌。

「看來有人打算在洗手間說秘密呢！」

「地下室太遠，來這裏比較方便。」

「然後呢？」

「我打算讓反黑組一展所長，你們不會拒絕我，還要感謝我的委託。」

「你要我們出手幫忙，我們反而要感謝你？你真是太有趣了！」
「你聽過委託內容後，會覺得更加有趣呢！」
「你要記住我們不是黑客。」
「黑客還是反黑，有時只是一線之差，我沒打算害人就是了。」
阿匠揚起單邊嘴角，露出意味深長的笑。
正義與邪惡之間，從來存在着灰色地帶。
他們都是同類，樂於走在灰色的鋼線上。

* * *

忍者拿着素描坐在草地上，遙望着澄澈的天空，一臉惆悵。
星美捧着一個大袋子走到忍者跟前，把粉絲和籃球隊隊員送來的東西倒出來，在草地上堆起一個小丘。
「這是大家給你的，他們都很關心你。」

忍者的黑眼圈更大了，臉色更差了。星美在他身旁坐下來，說：「看你憔悴成這樣，不知情的人還以為你失戀了。」

「所有校刊都沒有雪繪，我找不到她。」

「假如讓你找到她，你下一步打算怎麼辦？向相片表白嗎？」

「只要找到相片，就可以查到住址吧。我想去掃墓，對她說不要憎恨任何人，仇恨只會令自己更加痛苦，希望她可以安息。」

「掃墓？原來你一直想着這件事嗎？」星美深感意外。

「當然，我也會在墓碑前向雪繪表白，因為她是我第一個喜歡的女生。」

聽着忍者有條理的對答，星美覺得他純粹對雪繪着迷，沒有被她控制思想。他只是談了一場遠距離戀愛，很想很想見到心中所愛，可惜對象不是人類。

素描的氣質美少女和昨天一樣。若然畫中真的有幽靈，找到獵物後，臉容多少會產生變化吧。

星美開始懷疑她是否傳説中的雪繪。當人人都被靈異傳説嚇倒，很容易失去冷靜的判斷力。

然而，即使冷靜下來了，星美仍然想不通整件事的來龍去脈。

「大猩猩，你是不是覺得我不可理喻？」忍者問。

「為什麼？」

「因為我的戀愛對象和一般人不同。」

「為什麼要和一般人一樣？」

「嗯……」

「一般人的定義是什麼？誰來下定義？每個人都是不同的個體，做不同的事，過不同的生活，本來就是理所當然的啊！」

「你不怕被人指指點點嗎？」

「怕什麼？我不是好欺負的，誰敢惹我，我要他十倍奉還！」

「你真是太厲害了！」忍者失笑。

「當然啦，不然哪有資格做你的英雄？」

「我真的很幸福呢！身邊有你，有匠老大，還有很多很多朋友。」

單憑這句話，星美就知道不必再擔心忍者了。

她平躺在地上，享受着一陣陣舒爽的涼風。

「鼻涕翔，我不會否定你喜歡的心情，這是你的初戀，值得一生記住。所以呢，你要好好照顧自己，好好吃飯，好好睡覺，只有活着才能把初戀銘記於心。」

星美的話觸動了忍者，他鼻子酸酸的，默默地點頭。

星美知道忍者從沒想過，雪繪一旦安息，意味着她的幽靈不會再出現，這場人鬼戀便要宣告結束。

「有一天，當你失戀了，記住你身邊還有家人朋友，你是幸福的人。」

忍者濕了眼睛，有點想哭了。

星美坐起來，拍拍忍者的肩，說：「總之，到了那一天，再難過，都要吃飯和睡覺啊！」

一眨眼，忍者的視線變得朦朧，淚水在臉上流淌。星美把他摟在懷裏，像哄小孩一樣輕拍他的背。

兩人彷彿回到孩提時代，忍者被同學欺負後，躲在公園裏哭。池爸心臟病發作，他嚇得手足無措。星美也曾像這樣摟着他、安慰他。

這是表姐弟倆的牽絆。

因為，他們是比起自己父母，更加了解彼此的人。

* * *

天空由橘紅轉為深紫，傍晚的風帶着絲絲寒意。

忍者想獨處，星美回家後，他還在草地逗留至學校的關門時間。

走在校園的林蔭步道，忍者的手機響起熟悉的來電音樂，他從褲袋掏出手機，熒幕上沒有來電顯示。

他按下接聽鍵，熒幕上出現一個穿着誠修冬季校服的女生，長髮綁成馬尾，皮膚白晳，長相甜美，眼神純粹，氣質清純。

「雪繪！」忍者又驚又喜。

「忍者你好，我們是初次見面呢！」

雪繪的聲音很溫柔，手機裏的她是彩色的，比起黑白素描更有真實感。

「你從哪裏打電話給我？」

「我是幽靈，可以在磁場吻合的電子媒體現身。不過，我無法站在你面前，你亦無法觸碰我。」

忍者連連搖頭，說：「不要緊，我可以和你說話已經很開心了。雪繪，靈異素描的傳說很可怕，大家都認定你會害人。」

「你不怕我嗎？」

「不怕！你可能非常憎恨背叛你的人，但我相信你不會害人。雪繪，我很想知道你的過去，了解你更多。」

「我是誠修的學生，身體很差，時常生病。每次拍攝班級合照，我都剛巧請病假。」

「怪不得我在校刊找不到你的相片。」

「我男朋友叫卓生，很喜歡畫畫，你手上的素描就是他畫的。我們交往了一年，因為性格不合而分手，彼此沒有怨恨。我在中學畢業前病死，靈魂一直留在畫裏，可能是我對這個世界還有留戀吧。」

原來雪繪的傳說有很多錯漏，就連男主角的名字都誤傳了。

「這樣的話，你不是自殺，沒有迷惑男生，沒有做過害人的事了。」

「嗯，真相太平淡吧，傳說要多些鬼魅色彩才吸引呢！」

平淡反而更好，忍者絕對不想雪繪被人傷害，一直受折磨。

「你被人抹黑，會不會不開心？」

「怎會呢？當人人都害怕我，想辦法消滅我時，只有你真心相信我，全心全意喜歡我，我覺得很幸福啊！」

「遇到你，我都覺得很幸福，我們以後都在手機見面嗎？」

「對不起！我只會現身一次。」

「不要啊！你是不是討厭我，不想再見到我？」忍者瞪大眼睛，用力地握着手機喊。

「怎會呢？不過，我是幽靈，我……」

「雪繪就是雪繪，不管你是人或是幽靈，只要和你在一起就可以了。」

「我也想和你在一起。可是，我的父母很老了，沒多久便會離世。我一直留在畫裏的話，就永遠無法見到他們。忍者，你可以幫我嗎？」

原來令雪繪留在人間的原因，是不放心在世的父母。

忍者迷戀着雪繪，只想着如何見到她。見面後，他又只想着如何留住她。忍者覺得自己很自私，忽略了雪繪的心情，甚至忘了她也有家人。

忍者非常重視家人，父母和星美都比自己更重要。總算明白雪繪的想法了，縱使捨不得，也要忍痛放手。

「你想我怎樣幫你？」忍者問。

「學校的櫻花樹有靈氣，你把我的素描埋在樹下，我便可以安息了。」

雪繪得以安息，也是忍者的心願。

但是，一想到以後不能再見面，忍者不禁紅了眼睛。

「我一定會很想念你的，怎麼辦？」忍者哽咽着說。

「那就把思念的心情埋在心底，珍惜着，守護着，好好度過以後每一天。」

「我……」

忍者的手機彈出電源不足的提示訊息，遮蓋住雪繪的臉。他身上沒有流動充電器，附近有沒有可以充電的地方呢？

忍者着急了，他刪除提示訊息，對雪繪說：「你等等我。」

「不必了，我們就在這裏告別吧。」

「我不要，我還有很多話對你說。」

「忍者，遇到你，我沒有遺憾了，謝謝你！」

「雪繪，我喜歡你！」忍者含着淚説。

「我也是，最喜歡你了！」

雪繪退出手機熒幕，手機因電源不足，自行關掉。

這是多麼奇妙的相遇！忍者永遠不會忘記，打從心底喜歡一個人的心情。

他走到櫻花樹下，徒手挖洞，依依不捨地把雪繪的素描放入洞裏。

「雪繪，你安息吧！」

忍者用泥土蓋住素描後，雙手合十祈禱。

＊　＊　＊

天色已經完全黑下來了。

阿匠來到櫻花樹下，用鐵鏟挖開泥土，取出素描。他抖掉上面的泥沙，本來殘破的畫紙，經過兩天折騰，變得又髒又皺。

「雪繪……哈，真是的！」

地鼠走到阿匠身邊，說：「這張就是真跡嗎？的確很有靈異風味呢！」

阿匠把雪繪素描的相片交給反黑組，拜託他們把雪繪製作成動畫，再把動畫傳送到忍者的手機裏。當時，他們一直在地下室裏。阿匠預先寫好劇本，因應忍者的反應和提問，要葵鼠以溫柔的聲音和他對話。

由於時間緊迫，雪繪的動畫只有幾個表情，對白也有不合理的地方。幸好忍者觀察力不足，兼且完全信任雪繪，才沒有發現動畫和對白的粗疏。雖然欺騙了忍者，但總算大團圓結局。

「你打算怎樣處理這張素描？」地鼠問。

「總之它不會再在學校出現就是了。」

「因為它會為某人帶來麻煩吧。」地鼠賊笑一下，「當然，我不是指忍者。」

「看來有人要發表偉論，願聞其詳。」阿匠擺出準備迎戰的姿態。

「我把雪繪的素描輸入電腦後，發現了一個有趣的地方。雖然畫紙右下角被燒掉，但紙邊仍然殘留着少許筆跡。我用專業軟件分析，發現這是三個英文字的上半部。」

阿匠仔細觀察手上的素描，的確有類似筆跡。

「『T』、『—』、『·』，根據距離來推測，這個英文字是「T○k○○i」。寫在右下角的是繪者的簽名吧，不知道是誰的英文名呢？」

「誰知道呢？」

「我還分析過畫紙的紙質和筆跡，大約知道這張素描的繪畫時間。同時，我把畫像對照了全校同學的相片，找到吻合率99%的人。你想知道結果嗎？」

阿匠抿嘴一笑，說：「你將來不去FBI的話，可以考慮加入警方鑑證科。」

「好的，我考慮一下。」

「不過，目的已達到，我沒興趣知道其他細節。」

「是嗎？」地鼠伸了個懶腰。雖然忙碌了整個下午，但過程確實有趣，很有滿足感。

在這個世代，只要有電腦和相關知識，90% 校園傳說都可以用科學拆解。剩下 10% 科學無法解釋的傳説，就是他們繼續研究的源動力。

假如反黑組早些成立，早些遇上S傳説研究社，集合大家的力量，發揮各人的專長，肯定可以破解更多謎團。

阿匠和地鼠惺惺相惜，他們相視而笑，互相碰拳。

*　　*　　*

第二天，忍者精神奕奕回到學校，參加籃球隊的晨練。隊員和粉絲見到他回復本來模樣，都感到非常欣慰。

從此，「雪繪」兩個字成為禁語，大家都怕一旦再提起，會為忍者帶來不幸。至於雪繪幽靈顯現的事，只有S成員知道。

過了幾天，3B 班上視藝課，老師要同學把上星期繪畫的人像素描貼在壁報板上，互相欣賞點評。

「小藍，你的素描簡直是曠世巨作，畢加索在世的話，都要向你拜師。」黑馬打着哈哈說。

「我爸爸是畫家，當然遺傳了他的藝術基因啦。」

「你聽不出黑馬是說反話嗎？」星美說。

「噢，是嗎？」小藍滿不在乎，指着星美的素描說，「你畫的黑馬都變成漫畫人物了，黑馬的畫就好像幼稚園小朋友的塗鴉。」

「我本來就不擅長畫畫，已經盡力了。」黑馬說，「我覺得阿匠的素描最神奇，你不是十項全能嗎？怎會畫成這樣？」

「對呀，畫得完全不像我。」小藍抗議。

阿匠的素描很粗糙，臉型比例欠佳，還有點歪斜。只有知道畫中人是小藍的人，才勉強看得出誰是模特兒。

阿匠好像預料到會受到批評，氣定神閒地說：「我只是把看到的如實畫下來，你面對現實啦。」

＊　　＊　　＊

時間回到一星期前。

「今天的課題是人像素描，二人一組，以對方做模特兒。」視藝老師說。

大家都想跟相熟的同學一組，有人高聲叫喚同學，也有人由教室前面跑到後面，情況非常混亂。

視藝老師有見及此，拍了兩下手叫同學安靜，說：「你們只能和鄰座同學一組，不可以調位。」

縱使有同學不情願，但也要遵從老師吩咐開始繪畫。

星美和黑馬一組，小藍就和阿匠一組，他們都很想交換拍檔呢！

小藍手腦不協調，看到的，想到的，畫出來的是完全不同的東西。她眼中的寫實人像素描，是超越畢加索的超級抽象畫。

阿匠也是手腦不協調，他在腦中植入了濾鏡，自動把眼前人美化。直至寫下自己的英文名「Takumi」後，他才倏然醒覺，自己竟然畫了個氣質美少女，漂亮得連自己都不敢相信。

下課鐘聲響起，視藝老師說：「畫好的同學把素描交出來，還沒畫好的同學最遲後日交給我。」

「我是天才畫家，嘻嘻。」小藍舉起自己的抽象畫，展露滿意的笑容。

通常在這個時候，阿匠便會挖苦小藍，可他沒有這樣做，只是敷衍地「嗯」了一聲。他捲起畫紙，準備走出視藝教室。

「喂，你把我畫成怎樣？我要看呀！」小藍追上前去。

這張人像素描一定不能被任何人看到！

阿匠加快步伐，越跑越快，轉眼便逃出小藍的視線範圍。

突然，一陣強風夾雜着沙塵吹過走廊，阿匠提起手臂遮擋眼睛，手指稍稍鬆開，素描便被強風吹走了。

「等等！」

午休剛開始，走廊和樓梯的同學漸漸增多，首先有很多人輪流踩到素描，接着有人把素描踢飛，然後有人用背包把素描撞飛，飛入家政室的爐灶上，右下角被燒掉。

之後，再有一陣強風吹來，把素描吹出窗外，在空中飄呀飄呀……

當強風靜止了，忍者張開眼睛，一張紙從天上徐徐飄下來，掉在他的跟前。忍者撿起地上的紙張，一顆心「咯噔」一下，愣在原地……

罪魁禍首就是那陣突如其來的怪風！

惡魔小劇場 三

搶手機賊

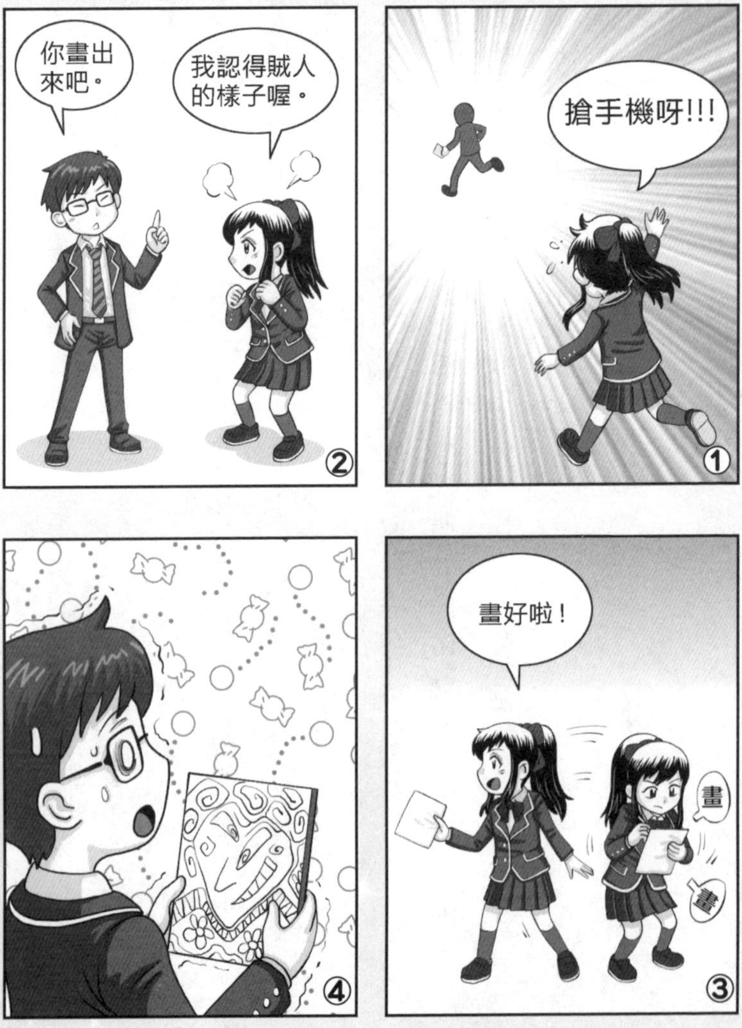
搶手機呀!!!
你畫出來吧。
我認得賊人的樣子喔。
畫好啦！
畫
畫

謎團四　惡夢黑洞

學校的種植場瀰漫着煨番薯的香味。

S成員圍着燒烤爐，等待勇哥把煨番薯夾出來，分給大家做午餐。熱騰騰的番薯又香又甜，一股暖流在體內擴散，大家都吃得津津有味。

「勇哥，一個不夠，我還要再吃喔。」小藍說。

「我都想多要一個。」忍者說。

「好，好，我預備好了，每人有兩個煨番薯。」

「勇哥萬歲！」星美喊。

「回到教室後，大家連環放屁就好笑了。」阿匠說。

勇哥把煨番薯分給各人，連同他自己的分量，最後還剩下兩個煨番薯。

「咦，我明明每人預備了兩個？」

「呀，純純！」小藍叫了一聲。

「對了，你們總是五個人在一起，我忘了純純沒有來上學。」

眾人凝視着溫室裏面，純純不在，他親手栽種的蝴蝶蘭顯得落寞，他經常使用的木桌椅也顯得格外孤單。

星美打電話給純純，可手機仍然是關掉狀態。小藍想發短訊給他，可帳號仍然被他封鎖着。

「我們會不會永遠見不到純純？」小藍幽幽地問。

「我聽3A男班長說，純純沒有住院，一直在家休養。他的病情有這麼嚴重嗎？」忍者問。

除了忍者，其他人都猜到純純不上學是另有原因。

因為純純的秘密在他們面前曝光，怕光的他選擇躲在黑暗裏。

「如果只是生病，就不會切斷所有聯繫了。」星美對忍者說。

「什麼？原來是這樣嗎？」

「他說不定會退學，反正只要家長到校辦理手續便可以了。」阿匠說。

「我不想純純退學啊！我們不如當作什麼都沒有發生過，我想大家好像以前一樣啊！」小藍說。

「就算我們可以裝作沒事，純純都做不到吧。」阿匠說。

「如果可以時光倒流就好了。」小藍扁起嘴說。

「純純當時沒大叫的話，你就會被虐貓狂徒襲擊，現在可能仍然躺在醫院裏。如果我是純純，人生再來一次，還是會選擇救你。」星美說。

「小星星，我很想念純純喔。」小藍挨着星美撒嬌。

「我也是。」

原本歡樂的煨番薯大會，氣氛變得沉重了。

很久以前，勇哥已經認識純純，兩人常常在溫室交流種植心得，可他並不知道純純住在哪裏。不然，他一定會親自探訪純純，告訴他有人一直等他回來。

勇哥有點自責，那時候，如果要那個人留下聯絡方法就好了。

這些日子，星美多次前往純純居住的社區，每次都是失望而回。

她記得勇哥説過純純是個可憐的孩子。這個城市，每天都有令人難過和憤慨的新聞，她聽得多了，也曾把純純代入其中。不過，每次差不多聯想到結局時，她便會毅然抽離，深怕想像會變成事實。

為什麼要把純純想像成悲劇的男主角呢？

是的，純純不會是悲劇的男主角！

「我們要相信純純會做出正確的決定。」星美笑着説。

「就算他要退學？」小藍問。

「嗯，如果退學是對他最好的選擇。」

笑一個吧！

等待的人都被負面情緒支配的話，怎樣迎接身心破碎的人回來呢？

小藍拿起第三個煨番薯，大口咬下去，說：「勇哥，等純純回來後，我們再舉行煨番薯大會！」

忍者高舉最後一個煨番薯，大喊：「乾杯！」

「乾什麼乾？那是煨番薯啊！」阿匠說。

「乾杯！」小藍、星美和勇哥一起加入。

「真是的，這算什麼誓師大會？」阿匠勉為其難舉起手上的煨番薯。

* * *

吃飽後，S成員感到十分睏倦，在溫室裏稍睡片刻。

小藍做了一個夢：天色昏暗，小藍獨個兒走在誠修書院的校園裏。四周沒有人，校舍和樹木像骸骨伸向天空，整個校園被陰森的氛圍籠罩着。

小藍高聲喊：「小星星！」沒有人回應。她再輪流呼喚阿匠、忍者和純純，同樣沒有人回應。

這時，小藍才發現手上捧着一個盒子。她忘了盒子裏載着什麼，只知道那是非常重要的東西，必須小心保管。

忽然間，小藍感到背後有一股寒氣。她猛然回頭，一個黑影人撲向她，搶走手上的盒子。

「還給我！」小藍拚命奔跑。

黑影人不時回頭望，臉上露出不懷好意的笑。

直覺告訴小藍，不奪回盒子的話，就無法生存下去。她一定要從黑影人手上奪回失去的東西，可盒裏究竟放了什麼？為什麼想不起來？

突然，四周響起連串吵耳的鈴聲，地面裂開，小藍腳下踏空，失足掉到無底黑洞。她一邊大叫，一邊往下掉……

「嗚哇哇……」小藍不停揮舞手臂，吵耳的鈴聲響徹黑洞，洞裏還有其他人的慘叫聲迴盪着。

「嘭！」小藍跌在地上，張開眼睛，才發現自己躺在溫室裏。原來鈴聲是手機預設的鬧鐘聲，她抹了一把冷汗：「嚇死我了！」

「那個黑洞很恐怖，我還以為要跌落十八層地獄了。」星美滿頭大汗。

「黑影人的臉孔很邪惡。」忍者說。

「膽敢搶走我的盒子，他肯定活得不耐煩了。」阿匠說。

咦？慢着！為什麼聽得懂大家的話？

他們互相望着彼此，心裏想到同一件事，血色漸漸從臉上流走。

「難道我們……」小藍說。

「做了相同的惡夢？」星美說。

溫室門打開，勇哥走進來說：「你們都醒了啦，還有十分鐘便要上課，快回去吧。」他一直在外面工作，沒有午睡。

四人淚眼汪汪，跑過去摟着勇哥，哭喊着說：「我們出事啦！」

＊　　＊　　＊

很久很久以前，五個文學社同學在社團活動室午睡，不約而同做了相同的夢。他們在夢中遠足，在山上迷路，最後失足掉到懸崖下面。

湊巧的是，他們本來約好三日後遠足，有人建議取消，有人堅持出發。經過投票後，以三比二的票數通過如期舉行活動。

遠足當天，天文台預測晴朗乾燥，是適合郊遊的日子。早上，天氣良好。一小時後，天氣驟變，開始颳風和下雨。

他們對於原路折返抑或繼續行程未能達成共識，於是分成兩組，走自己想走的路徑。

壞天氣只維持了半小時，但五個同學入夜後還沒下山。他們的家人報警求助，搜索隊在山上展開搜索。兩天後，終於分別在五個懸崖下找到他們。他們被人發現時，滿身傷痕，神情呆滯，不斷重複説着「好恐怖」。

過了一段長時間，他們的精神狀態才穩定下來，斷斷續續憶述事發的經過。

原來他們分成兩組後，相繼和同伴失散，後來更加迷路了。至於他們迷路後見過什麼，為何掉到山坡下，卻沒有人願意再提起。

唯一知道的是，幾個同學同時做相同的惡夢，惡夢就會在現實中成真。

*　　*　　*

放學後，在 3B 教室裏。

「好，我決定了！」小藍握着拳頭，雙眼炯炯有神。

「來了，你決定的不會是好事。」阿匠説。

「為免成為惡夢的犧牲者，我決定明天開始請假三天！」

「你別妄想了，沒有父母會為了這個理由寫請假信的。」星美說。

「黑影人是賊吧，只要我們小心保管財物，就不怕惡夢成真。」忍者說。

「嗯，說得對，還有入黑後不要留在學校。」星美補充說。

「那麼黑洞呢？」小藍問。

星美和忍者眨一眨眼睛，一時間答不上來。

「校園裏怎會有黑洞？你們不要杞人憂天了。」阿匠神態自若。

「我們杞人憂天？哈哈！剛才在溫室裏，你為什麼嚇得摟着勇哥呀？」

星美以挑釁的口吻說。

「這是做惡夢後的正常反應，證明我的身心靈都很健康。」

星美從牙縫裏擠出「嘖」一聲，阿匠的嘴臉真的很討厭！

「匠老大，我們為什麼會做相同的惡夢？」忍者問。

幾個人同時做相同的惡夢，正是那 10% 科學無法解釋的傳說。

任憑阿匠再聰明，都沒能力破解這個不可思議的謎團。

但是，惡魔的字典裏沒有「不知道」。

「原因是……」

「原因是？」

就在這時，忍者放了個屁，他尷尬地說：「不好意思！」

阿匠揑着鼻子，沉着嗓子說：「原因是煨番薯基因異變症候羣。」

*　　*　　*

第二天小息，阿匠和小藍去影印室取英文筆記。

由教室去影印室，再由影印室去教室，小藍一直低頭走路，每一步都小心翼翼。平日，她總是蹦蹦跳跳的，反常的行為令阿匠十分在意。

「你又花光零用錢，想在地上撿錢嗎？」阿匠說。

「我是好學生，撿到錢都不會據為己有喔。」小藍仍然盯着地上。

「你想找什麼？」

「我不是找東西，只是檢查地面，以防萬一。」

「難道你以為地面真的會變出黑洞？」

「你沒有看新聞嗎？早前有行人路突然路陷，一個男人掉了下去。外國也有馬路突然裂開，夾住行駛的汽車。所以呢，表面安全的道路，其實暗藏危機。」

「我都不知道你是路面勘察專家。」阿匠故意說反話。

「古語有云：『機會是留給有準備的人。』換言之，黑洞是留給沒有檢查地面的人。」

「你的所謂古語足以令中文老師吐血。」

「對了，我們睡覺前吃了煨番薯，為什麼不是做煨番薯的夢呢？又黑影人，又黑洞，和番薯都沒有關係。呀，難道那個盒子裏有番薯？」

阿匠想起黑客毒蝙蝠，圖畫、日期和IQ題都隱藏着某個訊息。從這個方向思考的話，惡夢中的黑影人、黑洞和盒子都應該包含着指定訊息。

縱然無法解釋為何同時做相同的惡夢，卻可以嘗試解夢。

這個惡夢是什麼意思呢？真是令人期待！

「我前幾天去過Re什麼咖啡店喔。」小藍在毫無先兆下轉換話題。

「Restart吧，為什麼去那裏？」阿匠問。

「杏花和嘉莉莉想喝立體動物拉花咖啡嘛。」

「然後呢？」

「店裏有一塊顧客留言板，我發現上面有些很有趣的字條，於是跟着寫了一張貼上去。」

「什麼字條？」

小藍說出字條的內容，阿匠的嘴角漸漸上揚，真是來得及時的好消息！

「所以呢，你記住提我問忍者和小星星喔。」小藍說。

「好呀，你記住提我提你問忍者和星美。」阿匠說。

「你記住提我提你提我……」

* * *

晚上七時，石爸前往住宅附近的超級市場購買做晚餐的材料。他推着購物車在貨架前踱步，昨晚吃了蛋包飯，今晚吃什麼好呢？

走到冷凍櫃前，石爸拿起一包黑毛豬香腸，看起來很好吃的樣子。

「他每天午餐都吃香腸包，晚餐還是不要吃香腸了。」

石爸循着聲音的方向回過頭，看到一個穿着誠修校服的男生。石爸記得那天在警局接純純時見過他，他也有幫手逮捕虐貓狂徒。

石爸微微一笑，說道：「那就買魚柳、番茄和西蘭花吧。」

男生是阿匠，他拜託反黑組成員調查純純父母的日程，從而得知石爸通常在這個時間去超級市場。

本來只想找機會見純純的家人，沒料到反黑組的調查太仔細，連純純的家庭狀況都知道得一清二楚。

阿匠沒有把這件事告訴S成員，更加不會讓純純知道他暗中進行調查。

阿匠的書包掛着幸運草吊飾，幸運草是小藍和忍者找回來的，做成掛飾送給所有S成員。

石爸見過純純的幸運草掛飾，純純說過是朋友送贈的禮物，因此當他看到阿匠也有同款掛飾時，便知道他是為了純純而來。

購物後，石爸和阿匠坐在超級市場外面的長椅上，他從購物袋取出兩罐紅茶，把一罐遞給阿匠。

「謝謝！」

「這個住宅區有點偏僻，交通很不便吧。」

「我以前來過這裏，可以坐巴士，算是挺方便的。」
「阿純在家裏，你要去我家坐坐嗎？」
「不了，純純的流感還沒痊癒，我不想被他傳染。」
「純純……哈，很可愛的稱呼。」石爸失笑。
「可惜個性一點都不可愛。」
「但你們是好朋友吧，還用同款幸運草掛飾。」
「你搞錯了，你的兒子非常討厭我。」
「是嗎？我似乎已經脱節，不太了解年輕人的相處方式呢！」石爸望向阿匠的幸運草掛飾，說：「我記得阿純把這個帶回家時，臉上流露着溫暖的笑容。所謂討厭，當中也包含着喜歡的心情吧。」
阿匠喝了一口紅茶，只笑不語。
「阿純不會對我說學校的事情，即使我很想知道，也不敢多問，怕他嫌我煩。」

「他應該嫌我們煩才對，他至少願意和你說話。」石爸若有所思，說道：「我知道阿純在學校一直不說話。很久以前，我見過勇哥，拜託他照顧阿純。當然，阿純不知道這件事。」

「跟我說這些沒關係嗎？」

「由他請病假開始，我就一直想向他坦白，兩父子認真談一談。事到如今，我也好，阿純也好，已經沒有保守秘密的必要吧。」

「你好像把我當作練習對象。」

「辛苦你了。」石爸抿嘴苦笑，「你想不想知道阿純在學校不說話的原因？」

「當然想知道，但還是由他親口說出來吧。」事實上，阿匠已經知道真相的一半了。

石爸把紅茶喝光，搓着罐子，懺悔似的說：「當年，阿純受到傷害，我沒法在身邊保護他。他變成現在這樣，我也有責任。三年了，我有時候會想，我的不過問，究竟是體貼，還是逃避？我真是一個不合格的父親！」

阿匠對石爸來說，算是陌生人。他竟然在陌生人面前說出心底話，可能真的鬱結得太久了。石爸本來應該找班主任傾談，由中一到中三，換了三個班主任，他都沒有這樣做，就是不想再次傷害兒子。

「我覺得純純應該想長期不上學，但不上學會連累你犯法，只好把自己孤立起來。他的做法是對你的體貼，他很關心你，沒有責怪你，只有這點你不用懷疑。」阿匠說。

「你很了解阿純呢！謝謝你特地來找我！」

「你搞錯了。我只是在咖啡店買了曲奇餅後，途經超市，進來買飲料，偶然遇到同學的爸爸。」

「附近有咖啡店嗎？」

阿匠從書包掏出一包曲奇餅，讓石爸看上面的地址。

「Restart！我很少去那邊呢！」

「店裏有一塊顧客留言板，其中幾個留言挺有趣的。」阿匠打開手機相簿後，把手機遞給石爸。

看過留言和店面的相片後，石爸頓時明白了什麼，笑着說：「看來我要找機會去這間咖啡店吃曲奇餅了。」

阿匠來見石爸，本來想把幸運草掛飾交給他，請他向純純轉達S成員都在等他回去。不過，當聽到小藍說出顧客留言板的事情後，他登時改變主意。

純純不在，沒有人做跑腿，沒有人被他捉弄，實在太無聊了。

純純會回來的，阿匠這麼相信着。

* * *

隔天是誠修便服日，全校同學都很雀躍，有人穿着隨便，有人悉心打扮，彷彿參加時裝表演。

即使今天是便服日，3B班仍然有英文測驗，很多同學熬夜溫習，早上起來隨便找件衣服穿上便出門，根本沒時間打扮。

「喂喂，你們快過來！」星美在窗前向小藍和嘉莉莉招手。

三人靠在窗前，看到樓下有同學穿布偶裝，化身大花貓。

「真誇張！穿成這樣怎樣上課？」嘉莉莉說。

「上課時會脫下來啦，本人又不是沒有穿衣服。」星美說。

「你們看，那兩個男生穿蘇格蘭格子裙喔。」小藍說。

「嘩！他們肯定會成為焦點，但會不會被老師罵呢？」嘉莉莉說。

「誰規定男生不能穿裙？為什麼穿裙就是異類？約定俗成太可怕了，根本就是性別歧視。」星美說。

「你們看，那個綁雙馬尾的女生穿粉紅色蘿莉裝，好可愛喔。」小藍說。

「她身材嬌小，樣子可愛，才配得上這種打扮。換了是我，只會穿得不倫不類。」星美說。

「她的蘿莉裝是自己縫製的吧，她看起來就像縫紉很厲害的樣子。有機會的話，我都想試穿這種服裝。」嘉莉莉說。

「小息時，我們去找她拍照囉。」小藍說。

「好啊！」星美和嘉莉莉說。

雖然不知道蘿莉女生讀哪一班，但她的服裝辨識度高，相信很容易找到她。

上課鐘聲響起了，包包熊進入教室，同學們馬上返回自己的座位。

「大家知道今天是什麼日子嗎？」包包熊問。

「便服日。」全班同學回答。

「還有呢？」

「還有什麼？」小藍問。

「糟了，我有不祥預感。」星美好像遺忘了一件重要的事。

「呀——」嘉莉莉記起來了。

「今天是無手機日。」阿匠說。

剎那間，慘叫聲此起彼落，同學們陷入一片慌亂之中。

上星期，包包熊已經通知了同學，可大家都沒有把這件事放在心上。昨天，包包熊沒有再三提醒，很多同學都忘記了。

包包熊把一個膠箱放在桌上，說：「關掉手機，放在膠箱裏，放學後才能取回。」

「誰把便服日和無手機日安排在同一天？真是黑心大魔王！」小藍不滿地撅起嘴。

「我不知道由誰人提出，只知道最後通過方案的人是許校長。」阿匠說。

「啊？」

「你剛才說許校長是黑心……」

「我沒說話呀，你聽錯了。」

小藍把手機放入膠箱後，趕快返回座位。

平時只有上課期間不能用手機，小息和午休都可以更新社交網站，觀看有趣的影片，還可以隨時自拍。

無手機日太邪惡了，沒有手機的日子要怎麼過？

*　　*　　*

晨光從窗簾縫隙透入室內，照亮整個房間。

純純蜷縮在被子裏，不想見到陽光，也不願意起牀關好窗簾。

今天是第幾天了？雖然一直請病假，放在桌上的感冒藥卻是原封不動。

這段日子，純純沒有離開過住宅，過着隱閉青年的生活。晚餐會和石爸一起吃飯，白天幾乎不吃不喝。

除了去陽台澆花，大部分時間，他都躲在被子裏玩手機遊戲。人，只要有手機便能活下去。當然，大前提是有人繳付手機上網月費。

他不是沒想過這種日子要持續到什麼時候，可惜每次都得不出答案。距離初中畢業只剩下幾個月，可不可以在家自修，只是回校參加期終考試？

他一次又一次在心裏呼喊：不想上學，不想上學，我不敢再上學！

每次想到心煩，他便會跳入手機遊戲的世界裏，索性什麼都不想。

「嘶——」

窗簾打開了，猛烈的陽光粗暴地照射進來。

純純隔着被子都感覺到光線的轉變，下意識把被子拉高。

「起牀！」

石爸掀起純純的被子，純純死命扯着，兩人展開一場角力戰。

「我感冒，你不能這樣對待病人。」

「我有醫治感冒的特效藥。」

「特效藥？」純純手一鬆，被子被石爸搶走了。

石爸聞一聞被子，皺着鼻子說：「好臭！我今天放假，我們來大掃除吧。」

「特效藥是大掃除？」

「對呀，大掃除。」

* * *

飯堂推出便服日環球美食節，麗姐為了做生意，不放過任何促銷的機會。今天的特備餐點包括：意大利薄餅、英國炸魚薯條、愛爾蘭牧羊人批和西班牙海鮮飯。

S成員點了四款新餐點，全部色香味俱全，賣相十分吸引！

「我要立刻放上網。」小藍伸手入裙袋，才記起身上沒有手機。

「咔嚓！」阿匠用相機拍攝食物，「今天是無手機日，不是無相機日。」

「對啊，我怎麼沒想到，早知我也帶相機回來啦。」小藍說。

「家裏有相機都沒用，你本來就忘記今天是無手機日，不會刻意帶相機回來。」星美說。

「也是呢，嘻嘻。」小藍咧嘴傻笑。

「匠老大，你任何時候都有兩手準備呢。」忍者深感佩服。

「當然啦，你以為我是誰？」

「回家後，你把相片發送給我們吧。」星美說。

「好呀，一個甜甜圈換一張相片，你想要多少張？」阿匠晃了晃相機。

「正一奸商，四眼墨魚！」

這時，兩個穿着風衣和牛仔褲的男同學途經飯堂外面的草地，每人手上都捧着一盆紫色蝴蝶蘭。蝴蝶蘭在微風中輕輕搖曳，像蝴蝶翩翩起舞。

「好漂亮的蝴蝶蘭啊！」小藍指着外面說。

「顏色和純純種的一樣，真是有眼光！」忍者說。

「花盆也是和純純買的一樣，而且剛好有兩盆。」星美說。

「啊，難道是……」小藍說。

「他們偷走了純純的蝴蝶蘭。」阿匠說。

「小偷，別走！」

小藍、星美和忍者倉皇彈起身，拔腿衝出飯堂。

* * *

上次大掃除是什麼時候？半年前？一年前？牀下面有穿過的髒T恤，沙發下面有朱古力包裝紙，衣櫃後面聚滿灰塵……不徹底清潔，純純都不知道家裏原來這麼髒。

家裏最乾淨的地方是陽台，純純每天都會打理花架的盆栽，連同附近的地方都清潔整齊。

看着陽台上的植物，純純不禁想起學校溫室裏的蝴蝶蘭。他知道勇哥一定會悉心照料它們，但自己沒有交代一聲，始終是不負責任的行為。早知會變成現在的狀況，就應該把它們帶回家。

本來就不熱衷於做運動，最近甚至很少走路，只是在家裏做了一會兒清潔，純純便感到十分疲倦，累得癱軟在沙發上。

「你的體能太差了，身體狀態十足老人家。」石爸戲謔純純。

「我體能差又不是今天的事。」

「大掃除後，家裏清爽得多了。」石爸環視家裏，滿意地點頭。「呀，還有這些。」他指着地板上用繩子捆住的舊雜誌，「你把它們丟到回收箱吧。」

「你去，我不去。」

「我還要準備做午飯。」

「我感冒。」

「今天大風，感冒就要多吹風，以毒攻毒嘛。」

「你的行為簡直是虐兒啊！」

石爸無視純純反對，強行把他從沙發拉起來，並把錢塞給他說：「我想要咖啡和曲奇餅，你順便買回來吧。」

「我去樓下超市買。」

「不，我要現煮咖啡和手工曲奇餅。」

「你很麻煩啊！我要去哪裏買？」

「Restart.」

純純的心抖一抖，在店裏被阿匠脅迫，忍者問他不說話的原因，喝着立體兔子拉花咖啡等等，每個情境至今仍然歷歷在目。

那次之後，純純沒有再踏足咖啡店。為什麼呢？不特別喜歡咖啡和曲奇餅？零用錢花光了？路途太遠？人多嘈雜？

不是，統統都不是。

那個地方不是禁地，而是一個人進去後，無法安然待下去。

因為，在純純心裏，Restart 是和朋友一起度過難忘時光的地方。

＊　　＊　　＊

S成員走出飯堂後，失去了偷花賊的蹤影。他們在附近找了一遍，都找不到捧着盆栽的人。

S成員不認識那兩個男生，憑外表推測可能是中一學生。向來很少同學去溫室，萬料不到竟然發生失竊案。

勇哥今天請假，各式服裝吸引目光，沒有人會注意捧着花的人。難道他們處心積慮在便服日下手？

為了證實沒有錯怪他人，S成員一起前往溫室。

「蝴蝶蘭真的不見了。」小藍說。

「可惡！為什麼偏要偷走純純的花？」星美生氣了。

「高質素的蝴蝶蘭可以賣得好價錢，他們可能偷出去轉賣。」阿匠說。

「一旦賣出去，豈不是永遠找不到？」小藍說。

「不過，從另一個角度看，買家認為值得才願意付款。有人欣賞自己的盆栽，純純應該會開心吧。」忍者說。

「純純不會開心的！」星美大吼。

眾人吃了一驚，怔怔地瞅着星美的臉。

「如果他知道蝴蝶蘭不在，又會再次跌落谷底了。」

「為什麼？」小藍問。

「因為……」星美抿一抿唇，說，「蝴蝶蘭的花語是幸福漸漸來到。」

從前，星美只會被漂亮的花卉吸引；最近，她開始研究花語，才發現溫室和種植場的花草各有含意。

這是人和花互相了解的語言，也是栽種者的精神寄託。

純純像花一樣脆弱，一不小心便會枯萎，他要有很多很多愛，悉心呵護才能茁壯成長。

星美很激動，拉開嗓門喊：「純純好不容易感受到小小的幸福，絕對不能被任何人奪走！」

人，沒有愛都能成長，但有愛的生命會綻放出耀眼的光芒。

「我們出發吧。」小藍和忍者說。

「一定要把蝴蝶蘭找回來。」阿匠說。

* * *

走在前往Restart的路上，純純想起星美說過喜歡那裏的曲奇餅，不知道她有沒有再來呢？星美還特地去書店買關於失語症的書，她知道被騙後，一定很生氣，不斷咒罵我，以後都不想見到我了。

以小藍的理解能力，她可能還不清楚發生了什麼事。假如讓她搞清楚了，她會不會從此對人失去信任？我摧毀了她的單純，豈不是罪大惡極！

忍者看來不會憎恨任何人，他一直對我很友善，我也很喜歡和他做朋友。正是這樣，他才會對我更加失望吧。

至於阿匠……嗯，由得他怎麼想都沒關係，反正我非常討厭他！

既然不想見到他們，為什麼經常想起他們？想見面的話就上學吧，但我又很怕真的見到他們。

想來想去，我都不知道自己想怎樣。對了，回家後，我要玩手機遊戲。

「請問想要什麼？」

聽到店員的聲音，純純才發現已經站在 Restart 的櫃台前面。

「外賣兩杯熱拿鐵，還有一包曲奇餅。」

「曲奇餅放在那裏，請自行挑選口味。」店員指着旁邊的櫃子說。

純純移過兩步，紅茶、檸蜜、榛子……石爸沒有說要什麼口味，純純不想買錯，之後被迫多走一趟。他摸摸褲袋，竟然沒有帶手機出來。

頭頂有一塊顧客留言板，不如看看別人的評語才決定吧。純純開始閱讀留言板上的字條。看着看着，他的視線被一張特別的字條凍結——

「香碗豆花的花語是溫柔的回憶。」

留言者沒有簽名，卻在字條下方畫了一隻四眼墨魚。

這是純純曾經寫給阿匠的訊息。

純純心中一動，他翻開貼在後面的字條，陸續發現類似的留言。

「雙瓣翠菊的花語是與你共享哀樂。」留言者畫了一個貓頭。

這是小藍偷偷放在純純課桌抽屜裏的鮮花。

「向日葵的花語是勇敢地追求自己想要的幸福。」留言者畫了一個柴犬頭。

這是忍者為了完成柴犬雪丸的心願而努力找回來的植物。

「幸運草的花語是幸福！」留言者畫了一個猩猩頭。

這是用來做幸運草掛飾的主要材料。

純純眼頭發燙，眼眶中湧出淚水，很多零碎的畫面在腦海浮現。記憶和思緒同樣雜亂，卻是真實有溫度的過去。

「他們真是的……」

店員見純純望着顧客留言板出神，笑着說：「這些留言很有趣吧？本來只能貼關於本店的評語，但老闆見花語挺有意思，就讓它們留下來了。第一張花語留言是猩猩寫的，之後陸續出現其他動物的留言。」

「他們是什麼時候來的？」純純問。

「我沒留意確實日期，大概是這一、兩星期的事吧。」

純純向學校請病假，也是這一、兩星期的事。

花語對一般人而言，只是具有意思的語錄。看在純純眼裏，卻是珍貴的共同回憶。

他們特地來找我，因為不知道住址，於是在曾經相聚的地方貼留言，希望我有一天會看到。

如果我沒看到怎麼辦？豈不是白費心機？自問個性不好，不討人喜歡，為什麼要花時間在我身上？為什麼對我有所期望？為什麼……要和我做朋友？

他們都是一羣大笨蛋！

然而，自從和這些大笨蛋相遇後，我不再是孤單一人了。

純純吸一吸鼻子，用手背擦一擦濕潤的眼睛。他撕下四張花語字條，轉身衝出咖啡店。

「喂，你不能……」

店員的聲音在身後逐漸減弱，最後完全聽不見了。

純純一個勁兒向前奔跑，有一個地方，他今天一定要去。

在前進的勇氣消失之前，絕對不能停下腳步。

*　*　*

阿匠分析偷花賊的行走方向，推測他們正在前往學校正門。S成員趕快出發，希望在他們走出校園前成功攔截。

「奇怪了，前往校門只有這條路，為什麼看不到他們？」小藍邊跑邊問。

「他們捧着花走不快，會不會中途去了其他地方？」忍者問。

「對了，他們手上的蝴蝶蘭沒有包保護套。蘭花很脆弱，如果要長途運送，必須先包保護套，或放在大袋裏。」星美說。

「他們要躲起來做包裝的話……」小藍說。

S成員交換眼色，瞬間達成共識。他們改變策略，分成兩組，星美和忍者繼續去校門，阿匠和小藍則前往——禮堂後台。

* * *

在巴士上，純純定定地看着窗外移動的風景。

我喜歡種花，卻討厭看到花朵凋謝。雖說這是生命的周期，有生便有死，但面對生命的終結，仍然難免感到唏噓。

這幾個月，我和S成員相處得越來越愉快。因為他們習慣了我的溝通方式，使我日漸忘記自己一直在說謊。說穿了，我只是個以謊言騙取友情的偽君子。

只得一個人，會想要朋友，有了朋友後，會想關係進深。友情會令人膽怯，害怕一旦關係惡化，又會變回一個人。

是的，我一直不敢上學，真正害怕的是——失去！

自從三年前發生了那件事，我就覺悟到自己不配有朋友，我無法讓別人幸福，甚至會為別人帶來災難。

友情也有周期，有開始便有終結。

這段日子，我好像做了一場夢呢？

我要向他們道歉，他們會原諒我嗎？我值得被原諒嗎？

巴士到站，純純下車，奔上山丘，向着誠修書院全速奔跑。

*　　　*　　　*

阿匠和小藍來到禮堂後台外面，劇社沒有活動，後台無人使用，是處理贓物的理想地方。

他們把耳朵貼到門上，裏面似乎沒有聲音。阿匠握着門把，小藍做手勢數一、二、三！

「你們已經被逮捕啦！」

阿匠一開門，小藍便衝進去，擺出持槍的姿勢大聲喊。

「啊，怎會這樣？」

可是，後台沒有人。他們搜遍櫃子裏和桌子下，都找不到疑犯，就連曾經逗留的痕跡都沒有。

禮堂傳出拍球聲。他們走上舞台，同學們正在打籃球和排球。小藍大聲問：「你們有沒有見過捧着花盆的男生？」

「沒有。」所有人同聲回答。

「他們顧着打球，疑犯在身邊走過都看不到。」阿匠對小藍說。

「我們下一步要怎麼辦？」

後台的線索斷了，阿匠一時間茫無頭緒。

「我們先去校門和忍者會合吧。」

* * *

星美和忍者跑到學校正門，在外面吃過午飯的同學陸續回來。相對地，很少同學外出。

他們走出校門視察，見不到偷花賊，只好返回校園裏。他們問駐守校門的風紀，都說沒見過捧着盆栽的男生。

「他們去了哪裏？」星美問。

「會不會由秘道走出去？」忍者問。

「不會啦。」

這時，兩個眼熟的身影躍入星美眼中。

星美指着遠處喊：「鼻涕翔，在那裏！」

忍者認得兩人就是偷花賊，但是他們手上並沒有蝴蝶蘭。

星美迅速跑過去，捉着蘑菇頭男生的肩膀問：「蝴蝶蘭在哪裏？」

「蝴蝶蘭？」

「你們剛才在溫室偷走的花！」忍者說。

「呀，原來那些花叫蝴蝶蘭。」蘑菇頭男生如夢初醒。

「哪有小偷連自己偷了什麼都不知道？」星美氣炸了。

「我們不是小偷啊！」

「對呀，校務處職員叫我們去溫室拿兩盆花給許校長。我們去到後，忘了花名，只記得是紫色的。溫室裏有兩種紫色花，我們就拿走比較漂亮的啦。我們把花交給許校長後，她沒有不滿意，即是我們沒有拿錯啦。」小平頭男生說得理所當然。

星美沒有耐性和他們溝通，但知道蝴蝶蘭不是被人偷走，總算放心了。

「我們去校長室。」星美對忍者說。

「許校長現在不在校長室。」蘑菇頭男生說。

「她在哪裏？」

「停車場。我們剛才直接把花拿去停車場，她好像要外出探訪。」

「和兩個西裝男在一起，好像是獎學金的贊助人。」小平頭男生補充說。

星美受夠了，怒吼：「你們應該一早說重點啊！」

「哪裏才是重點？」兩人齊聲問。

*　　*　　*

純純從側門進入誠修書院，這是距離溫室最近的入口。

這個時間，S成員會在溫室裏聊天，純純不敢放慢腳步，一鼓作氣向着溫室跑過去。

他「嘭」的打開門，垂下眼睛，一口氣說：「我沒有失語症，我說謊了，對不起！」

「啞啞！」

聽不到期待的人聲，只聽到天上烏鴉的叫聲。

純純緩緩地抬起頭，眼前一個人都沒有人。他再繞着種植場走了一個圈，同樣沒有發現。

他們去了哪裏？

純純呆呆地站在原地，再次聽到烏鴉的和唱。

* * *

星美和忍者正在奔向停車場，後面有女生大喊：「小星星！」

看到大家兩手空空，就知道還沒找到蝴蝶蘭了。

「你們去哪裏？」小藍問。

「停車場。」星美說，「原來那兩個男生不是小偷，他們把蝴蝶蘭交給許校長，她將要外出探訪。」

「我打電話截住媽媽。」小藍一摸裙袋，才想起沒有手機。

「我知道有捷徑去停車場，跟我來！」阿匠說。

阿匠帶着同伴走入大樓與大樓之間的小巷，穿過灌木叢，再越過小徑，停車場就在眼前。

這時，一輛藍色賓士剛好駛出校門，他們隱約瞥見許校長的側面，手上捧着紫色蝴蝶蘭。

「媽媽，不要走！」小藍邊跑邊喊，可藍色賓士並沒有停車。

保安員榮哥正想把校門關上，看到四人跑過來，問：「你們怎麼了？」

「許校長要去哪裏？」阿匠問。

「中區的老人院。許校長要為下次全校義工服務日視察環境，順道向負責人打招呼。」

「中區好遠啊！」小藍說。

「蝴蝶蘭一旦送出去，就無法取回來了。」星美說。

「知道地點就可以查出行車路線。」阿匠伸手入褲袋，隨即罵：「可惡！」

沒有手機，什麼都做不了。

榮哥好像明白他們的煩惱，說：「他們應該先下山，再走高速公路。沿途共有五個交通燈位，走上高速公路後便追不到了。」

「謝謝！」

星美和忍者拔腿追出去，他們跑得很快，旋即消失了蹤影。

榮哥的口袋脹鼓鼓的，阿匠靈光一閃，他問：「無手機日的限制對象，包括校內員工嗎？」

*　　*　　*

過了第一個交通燈位，再過第二個交通燈位，星美和忍者終於在第三個燈位見到藍色賓士了。

「許校長，停車！」星美在後面大喊。

可是，街上太嘈吵了，汽車又關了窗，車裏的人聽不到星美的呼喊。

他們只能拚命地奔跑，期望在下個燈位停車時，可以追得上去。

「他是個可憐的孩子。」

雨聲夾雜着勇哥的聲音，不斷在星美的腦海中浮現。

純純一定會回來的，絕對不能奪走他的希望，不能讓他再次陷入悲傷之中。

不知哪裏來的力量，星美越跑越快，到後來甚至超越忍者。

「前面的藍色賓士停車！」

「啪」的一聲，星美左腳皮鞋的鞋底爆開了，踉蹌地仆前了幾步。她索性把一雙皮鞋丟在路上，繼續奔跑。

星美聲嘶力竭的吶喊引起途人注意，但大家不知道發生什麼事，只是指指點點，沒有人幫忙追車。

終於，司機留意到有人追上來，問許校長：「後面是你的學生嗎？」

同一時間，許校長的手機響起……

就在駛上高速公路前的街口，藍色賓士在馬路旁停下來了。

星美喘着氣拍打車窗，喘得說不出話。

許校長打開車窗，問：「我拿錯了盆栽是什麼意思？」

「你怎麼知道？」忍者感到十分詫異。

「小藍剛剛打電話給我。」

阿匠借用榮哥的手機，要小藍打電話給許校長，叫她停車。小藍向來用簡易撥號聯絡，記不清楚許校長的手機號碼，試了很多次才成功找到她。

許校長聽過忍者的解釋後，下車把兩盆蝴蝶蘭交給星美和忍者。

「我沒有交代清楚也有不對，辛苦你們了！」

「那麼老人院……」星美說。

「不要緊，我可以下星期補送過去。」

「太好了！」

星美鬆了一口氣，望着手上的蝴蝶蘭，真的感覺到幸福漸漸來到。

* * *

S成員不在溫室裏，純純道歉的勇氣一下子消失了。

一直以來，純純都想S成員離開溫室，不要打擾他。但當置身於像昔日寧靜的溫室時，反而覺得好像缺少了什麼。

跑了很多路，純純口渴了。在前往自動販賣機的路上，見到同學們沒有穿校服，他才想起今天是便服日。這樣也好，他走在其中，不會顯得突兀。

儲物櫃裏有幾本課本，不知何時會再來，等一會也把它們統統帶回家吧。

*　　*　　*

星美的皮鞋破了，忍者用牛皮膠紙捆住，暫時可以勉強走路。

男生太粗魯，兩盆蝴蝶蘭分別由小藍和星美捧住，小心翼翼地運送去溫室。

就在通往溫室的林蔭步道，小藍率先看到遠處的純純，她太興奮了，跑上去喊：「純純！」

純純嚇了一跳，看到小藍衝過來，本能反應就是……逃跑！

「不要走！」小藍喊。

星美比小藍跑得更快，大罵：「你還要逃避到幾時？懦夫！」

「啪」的一聲，星美右腳皮鞋的鞋底爆開了，踉蹌地仆倒在地上，花盆「砰」的摔破了。

小藍來不及煞停，被星美絆倒，蝴蝶蘭脱手飛出去，爆出「砰」的巨響。兩隻皮鞋先後爆裂，辛辛苦苦追回來的蝴蝶蘭散落一地。好痛！跌倒時手掌擦傷了，正在流血。為什麼要弄得這麼狼狽？為什麼要把純純放在心上？

夠了！不想再理會這個人了！星美到了極限，情緒崩潰了。她坐在地上，含着淚叫罵：「走啦走啦！一世躲在自己製造的悲傷黑洞裏，永遠不要走出來！」

純純的心被星美的話輾過，不自覺地停下腳步。

「每個人都受過傷害，沒有誰比誰更可憐。我們都是在心裏流着淚，咬着牙走過去，相信有一天，一切會變好。」

純純的手在顫抖，清楚聽到心臟鼓動的聲音。

「就算頭頂有很多條繩子拋下來，你不肯伸手捉住的話，永遠無法從黑洞裏走出來。嗚……我們已經拋下繩子啦，你為什麼不肯捉住？笨蛋！嗚嗚……」

星美難過得用受傷的手搥地板，內心比流血的手更痛。

本來就是要回來見大家，為什麼要逃跑呢？星美的眼淚叫純純很心痛，他覺得自己是個不可理喻的人。

純純走回頭，向星美遞出一張紙巾。

星美抿着唇別過臉，用手背擦眼淚。

純純蹲下來，檢查地上的蝴蝶蘭。植物本身沒有損傷，換個花盆便可以了。他把蝴蝶蘭放在一旁，撿起地上的花盆碎片。

阿匠走到純純身邊，說：「有同學錯把你的蝴蝶蘭拿走了。星美怕你會難過，再次封閉自己，跑到鞋都破了才取回來。」

純純望着星美的破爛皮鞋，彷彿可以感受到她奔跑時的心情。他站起來，從褲袋取出四張花語字條。

「咦？原來你們都有寫啊！」忍者對小藍和阿匠說。

「結果我們先後去咖啡店，做了相同的事。」阿匠說。

「你見到真的太好了！」小藍說。

純純微微一笑，點了點頭。

「我們明天舉行煨番薯大會囉。」忍者提議說。

「好啊！我要吃三個。」小藍說。

「三個太多，我吃兩個就夠了。」阿匠說。

「我都要一個。」純純說。

「啊？」星美盯着純純，驚訝得半張開嘴巴。

「怎麼啦？你要幾多個煨番薯？」小藍問星美。

忍者轉念一想，「呀」的大叫。

「你們真是反應遲鈍呢！」阿匠說。

一呼吸之間，星美的眼眶再次湧出淚水。

失去聯絡時的擔憂，貼字條時的盼望，重逢時的激動，初次聽到聲音時的喜悅，各種情緒交織在一起，匯聚成一顆顆淚珠，止不住流下來。

當聽到星美罵純純困在自製的悲傷黑洞時，阿匠驀然明白那個惡夢所隱含的喻意。

盒子裏載着的是勇氣，是面對真正的自己，邁步向前的勇氣。黑影人是恐懼，人往往把內心的恐懼無限膨脹，巨大得足以奪走僅存的勇氣，讓人墮入悲傷的黑洞之中。

追捕偷花賊的時候，曾有一瞬似曾相識的感覺。我們拚命去追，由衷相信蝴蝶蘭可以帶給純純生存的勇氣。而事實上，他比我們想像中堅強。

因為發生了那件事後，純純沒有選擇更絕望的解決方式，就表示他對未來仍然心存盼望。

那個惡夢的主角其實是不在場的純純，置身於充滿壓迫感的夢境，讓我們更加了解純純的感受。

當然，解夢從來沒有所謂正確答案，而我也不認為其他人也有這份敏銳的洞察力。

這一刻，同伴就在身邊，純純覺得沒有什麼值得害怕了。

他收起花語字條，脫下外套，慢慢捲起長袖T恤的衣袖。

無論是怎麼樣的過去，他決定不再逃避。

惡魔小劇場 四

煨番薯大會

後記

這些同學真窩心！

利倚恩

S傳說研究社的成員各有不同性格，他們經常碰出有趣的火花。

阿匠是大惡魔屬性，說話不客氣，喜歡捉弄同學。他說的話難分真與假，他做的事難分好與壞，心思難以捉摸。

小藍是活潑可愛的小惡魔，她不擅長讀書，卻有小聰明，有很多鬼主意。她容易哭，也容易笑，樂觀的性格使她很快從挫折中恢復過來。

純純很自卑，欠缺自信，好像一隻受傷的小白兔。寫他的故事時，我常常很心疼他，在心裏摸着他的頭，柔聲對他說：「放心吧，沒事的。」

星美不說話時，看起來斯文溫柔，其實性格火爆，動怒時罵人很兇。寫她斥責純純時，我徹底感受到她的難過，忍不住流着淚敲鍵盤。

忍者既單純又熱血，堅持以真誠待人。他視阿匠為英雄和偶像，很多人都無法理解，以為他頭腦出問題。或許，只有他才看得到阿匠內心純良的一面吧。

小藍和忍者都是單細胞生物，思想和行為表裏一致。然而，星美明明很討厭阿匠，但每當出事時，她總是第一時間想起他，相信他有能力解決問題。純純同樣討厭阿匠，三番四次嚷着要退出S傳説研究社，卻從來沒有付諸行動。

這種關係很微妙，口裏説討厭，心裏卻關心着彼此。在相處的日子中，他們嘻嘻哈哈，吵吵鬧鬧，卻在不知不覺間把對方視為重要的同伴，願意與對方共享哀樂。驀然回首，每一句話，每一個笑容，每一滴眼淚，都是無比溫柔的回憶。

怎樣才是好朋友呢？或許，好朋友就是那些可以令你敞開心扉，勇敢地追求自己想要的幸福的人。好朋友也是那些可以讓你甘願赴湯蹈火，為了對方的幸福而拚命的人。

相遇了，請好好珍惜；還沒相遇的，請耐心等候。

只要懷抱着希望，幸福便會漸漸來到。

隨着純純的回歸，S傳說研究社的故事也來到尾聲了。《校園謎團事件簿3》將會是這個系列的最後一冊，請大家繼續支持感動的結局篇啊！

飛躍青春系列

車　人
- 青蔥歲月
- 穿越百年的友誼
- 異國的天空
- 遊戲迷之旅
- 我不要再孤獨

君　比
- Miss，別煩我！
- 他叫 Uncle Joe
- 四個10A的少年
- 誰來愛我
- 夢醒之後

利倚恩
- 再會於紫陽花部屋
- 那些相依的歲月
- 愛令世界轉動
- 甜甜圈日記
- 甜甜圈日記(最終回)
- 走在櫻花樹下的日子
- 我心中住着一個他
- 那些相依的歲月(最終回)
- 愛伴我高飛
- 蝶舞傳説1 · 再次牽着你的手
- 蝶舞傳説2 · 給你溫柔的擁抱
- 蝶舞傳説3 · 你是我的守護天使
- 蝶舞傳説4 · 陪你走過每一天
- 蝶舞傳説5 · 你把我放在心上
- 蝶舞傳説6 · 只想留在你身邊
- 蝶舞傳説7 · 奇妙相遇篇～給未來的禮物
- 蝶舞傳説8 · 但願你會明白我
- 蝶舞傳説9 · 只要有你的微笑
- 蝶舞傳説10 · 結局篇～永遠牽着你的手
- S傳説來了1 · 許氏力場
- S傳説來了2 · 怪盜K的復仇
- 校園謎團事件簿1 · 時光魔鏡
- 校園謎團事件簿2 · 惡夢黑洞

阮海棠
- 再見，黎明

宋詒瑞
- 少女心事
- 少男心事
- 生活中不能沒有愛
- 倔女兒Vs嚴媽媽

卓　瑩
- 那年我十四歲
- 讓我再次站起來
- 像我這樣的幸福女孩
- 原來我可以
- 請你靠近我
- 我不是草莓族
- 回到冰雪上的日子

胡燕青
- 頭號人物

韋　婭
- 兩個Cute女孩
- 成長的煩惱

馬翠蘿
- 這個男孩不太冷
- 非典型女孩
- 跨越生死的愛
- 鋼琴女孩
- 愛是你的傳奇
- 迷失歲月

孫慧玲
- 旋風傳奇1 · 旋風少年手記（修訂版）
- 旋風傳奇2 · 魔鏡奇幻錄（修訂版）
- 旋風傳奇3 · 旋風再起時

桃　默
- 超「凡」同學之實驗室幽靈事件
- 超「凡」同學之不可思議昏睡事件
- 超「凡」同學之神祕綁架事件
- 超「凡」同學放暑假
- 超凡新同學之天水圍城事件
- 超凡同學破奇案
- 超凡新同學之模特兒FANS瘋狂事件
- 超凡同學漫遊魔幻王國
- 超凡新同學之怪獸出沒事件
- 法中女子足球部
- 法中女子足球部 2 出線任務
- 法中女子足球部 3 全國大賽篇
- 超凡同學VS超時空守護人

梁天樂
- 青春火花
- 不能放棄的夢想
- 擁抱夢想
- 打出一片天
- 瞇上眼睛看你

麥蒔龍
- 逃出無間

麥曉帆
- 愛生事三人組
- 妙探三人組
- 鬼馬三人組
- 明星三人組
- 至叻三人組
- 拜金二世祖
- 玩轉火星自由行

黃虹堅
- 十三歲的深秋
- 五月的第一天
- 媽媽不是慈母
- 醉倒他鄉的夢

鄭國強
- 我們都是第一名
- 和好朋友説Yes
- 叛逆排球夢

關麗珊
- 浩然的抉擇
- 中二丁班
- 我不是黑羊
- 睡公主和騎士

周蜜蜜
- 來自星星的小王子 · 壹 · 神秘的約定
- 來自星星的小王子 · 貳 · 真假「王子」之謎
- 來自星星的小王子 · 叁 · 小王子的星球